利息《りそく》は甘《あま》いくちづけで

いおかいつき
ITSUKI IOKA

イラスト
國沢 智
TOMO KUNISAWA

JN283332

Lovers Label

CONTENTS

✦本作品の内容は全てフィクションです。
実在の人物、団体、事件などにはいっさい関係ありません。

1

まだ朝日が昇らない夜明け前の大阪の街、一台の軽トラックが静かに二人の前から遠ざかっていく。綾木章吾《あやきしょうご》は佐藤《さとう》と並んでそれを見送っていた。軽トラックに乗っていたのは佐藤のなけなしの荷物。文字通りの夜逃げだった。

「ホンマにありがとうございました」

トラックが完全に二人の視界から消えると、佐藤が涙声《なみだごえ》で綾木に頭を下げる。返す当てもないまま借金を重ね、厳しくなった取り立てから逃げるための夜逃げだった。

「かまへんかまへん。こっちとしては金さえ返してもろたらそれでええねんから」

綾木は満面の笑みで答えた。その笑顔は綾木の本性さえ知らなければ、誰もが好感を抱くような笑顔だった。くりっとした目が印象的な可愛《かわい》らしい顔立ち、肩にギリギリ届かない癖《くせ》のない真っ直ぐな黒髪はそれでも柔らかに揺れ、一七〇センチに少し足りない身長とそれに見合うだけの体重のない小柄な綾木を見て、誰が金貸しだと思うだろう。

綾木の仕事は闇《やみ》の金融屋だった。目の前で頭を下げている佐藤には二百万貸していた。基本は信用貸しの綾木の貸し付ける額としては高額の部類に入る。

「今更《いまさら》、こんなん言うんもなんですけど、綾木さんは大丈夫ですか?」

佐藤の心配は綾木の身の安全だった。佐藤の綾木への借金は綾木の指示で他の闇金《やみきん》業者から借金をさせ返済させた。その代わりに佐藤が無事に夜逃げできるよう逃亡先まで綾木が手配した。

「佐藤さんが無事に逃げ切って俺の名前を出さへんかったらええだけのことや」

他の金融屋がいくら損《そん》をしようが出し抜かれるほうが悪いのだと、綾木は全額回収できたことに上機嫌で笑いが止まらない。若いのにやり手、可愛い顔をしてあくどいとは何度言われたかしれない。それは綾木にとっては褒《ほ》め言葉だった。

「ほな、私もそろそろ行かせてもらいます」

佐藤が小声で切り出した。

佐藤の家族は既《すで》に夜逃げ先に着いている。佐藤だけが他の闇金を欺《あざむ》くために一人残っていた。

「気ぃつけてな。大阪出るまでは油断したらあかんで」

綾木も笑顔を消し小声で言った。

佐藤が捕まり口を割れば、綾木とてタダでは済まない。他の闇金のバックには大抵、ヤクザがついている。綾木が今回出し抜いた北都《ほくと》ローンも、バックに清洲組《きよすぐみ》がついていた。それに比べ、綾木はたった一人だった。バックにも誰もいない。だが綾木には自信があった。たった一人でそんな質《たち》の悪い闇金組織を相手にこれまで無事にやってこられたのは、ひとえに綾木の用心深さによる。

綾木は決まった店舗を持たず、客から綾木への連絡は全て携帯電話を使っている。つまり他の闇金業者に居場所が見つからないようにしていた。綾木をあくどいと呼ぶのは同業者で、闇金屋にしては低金利の綾木は借り手から恨《うら》まれることはなかった。だから、綾木の客の誰もが、綾木に金を借りたことを他の業者にはばらさないでいてくれる。綾木が闇金屋を辞《や》めればもっとあくどい業者に借りなければならない。好きこのんでそんな目に遭《あ》いたい人間などいるはずもなく、綾木の闇金業は今日まで営業してこられた。

「わかってます。充分気をつけます」

人目を避《さ》けるように背を丸めた佐藤が暗闇の中に消えていく。綾木はその後ろ姿をほんの少しだけ見送ってから、すぐに自分も歩き始めた。

派手な足音を立てないスニーカーはこんな時間に歩くには最適だった。だが、綾木がスニーカーばかりを履《は》く理由はそれだけではない。最大の理由は万が一のときの走りやすさだった。逃げ足の速さには自信がある。そして、走るときには邪魔《じゃま》にならないようにと、まるで学生が持つようなナイロン地のバッグをいつも肩から斜めがけにしていた。スニーカーに斜めがけのバッグ、それにジーンズにTシャツ姿の綾木は、どう見ても闇金屋には見えず、さらには三十三歳にも見えなかった。両親はとっくに他界し、兄弟はもとよりいない。生まれも育ちもここ大阪ではなく神戸。綾木の実年齢を知る者は大阪にはいなかった。『年齢不詳《ねんれいふしょう》の闇金屋』、客の誰かが付けた渾《あだ》名《な》も、綾木にはぴったりだった。

綾木は今日の寝床《ねどこ》に天満橋《てんまばし》にある安いビジネスホテルを取っていた。天満橋のホテルなら、ここから充分徒歩圏内で、始発もまだのこの時間、タクシー代は馬鹿にならない、どうせホテルに泊まるのならと、佐藤の家から歩いて帰れるホテルを選んだ。

綾木が一人で闇金屋をしていることは裏の社会の人間には知られている。金貸しの綾木が金を持っていないはずはない。そんな綾木が決まった寝床を持てば襲《おそ》ってくださいと言っているようなものだ。だから綾木は闇金業を始めてからこの十年、大阪中のホテルを不定期に泊まり歩いていた。役所に届けてある住所は、四畳半一間の風呂なし、トイレと炊事場《すいじば》は共同というおんぼろアパートだが、綾木がそこで寝泊まりしたことは一度もない。毎月一万五千円の家賃は自分の安全を得るための保険だった。

「そうや、ここからやったら『あかり』にも歩いて行けるな」

綾木はホテルに向かいかけた足を止めて呟《つぶや》いた。天満橋にあるスナック、『あかり』のママは綾木のお得意様だった。金に困っているわけでもないのに、ママは綾木の顔を見たさにたびたび綾木に金を借りる。綾木もそれを知っていて、客の少ないときや暇《ひま》なときは自分から用はないかと『あかり』に足を運んでいた。顔を見せるだけで利子が手に入る。これほど楽な取り立てはない。しかもそんな相手は『あかり』のママだけではなかった。大抵が水商売の年配の女性で、皆一様にそこそこ金を持っている。『あかり』のママに言わせると綾木は身近なアイドルで、芸能人やホストに入れあげるよりよっぽど安上がりだということらしい。

「いらっしゃい」

店のドアが開く音に、ママが条件反射で声をかける。そして、それが綾木だと分かると途端《とたん》に相好《そうこう》を崩《くず》した。

「いやあ、嬉《うれ》しい。来てくれたん」

「そろそろ用はないかな思て」

綾木は得意の笑顔で答える。金貸しも客商売、スマイルゼロ円はファーストフードだけの専売《せんばい》特許《とっきょ》ではないと綾木は思っている。

「用なんかなくても作るわ。とりあえず座って」

ママが嬉しそうな笑顔のまま、綾木にカウンター席を勧めた。

営業時間は最後の客が帰るまで。そんな『あかり』の今日の閉店はカウンターの隅《すみ》でつぶれているサラリーマンが起きたときだろう。

「こんな時間まで仕事？」

ママは手を動かしながら尋ねてくる。

「ま、それはいろいろと」

「嬉しそうな顔して、相当儲《もう》かったんとちゃうの？」

綾木の趣味が金儲けだと知っているママが、茶化《ちゃか》すように言った。

「たいしたことあらへんて」

「どうだか」

ママは笑いながら綾木の前に水割りの入ったグラスを置いた。

「はい、おごり」

「いつもおおきに」

おごりという言葉には条件反射的に笑顔が出る。綾木はにっこりと笑ってグラスを手にした。

「その笑顔でお釣《つ》りが来るわね」

綾木の笑顔にママが見惚《みと》れる。

「ほな、その釣りもらおかな」

綾木は悪びれずに右手をカウンターの中に差し出した。

「よう言わんわ」

ママが笑いながら綾木の手をはたく。

夜明け近い下町のスナックにのんびりとした空気が流れる。綾木にもさっきまでの緊張感はもうなかった。

金を借りる人間には誰しも理由がある。中には同情できる事情から綾木に頭を下げる人間もいる。それでも、いちいちそれに同情していては金貸しはできない。佐藤にも止《や》むに止《や》まれぬ事情があった。だからといって夜逃げを勧めて逃がしたのは同情からではない。結局のところ、佐藤はこれ以上、客にはならないからだった。同情と商売は別問題だとすっぱり割り切れるからこそ、綾木は金貸しを十年も続けてこられた。

「今日はなんぼ用意しよ？」

「そしたらまた五万借りとこかな」

「まいど」

綾木は肩から提《さ》げたままのバッグから布の袋を取り出す。この袋の中には常時百万近い金が入っている。それ以上の金額が必要なときは、その都度、銀行に走ることにしていた。

「はい、五万」

綾木はママの目の前で札《さつ》を数えて手渡す。

「おおきに。一週間後に返すから、また取りに来てね」

「そら言われんでも」

ママは受け取った五万を財布に入れると思い出したように、

「いっつも思てんねんけど」

「何？」

「一人でやってて危なないの？　そんな大金持ち歩いてんねんし、誰かボディーガードみたいな人、雇《やと》ったほうがええんとちゃう？」

「ただでやってくれる奴がおんのやったら、いつでも」

「またそんなこと言うて。命とお金とどっちが大事なん？」

ママの質問に、綾木は腕組みして考えるポーズをして見せた。

「それ、ものごっつ難しい質問やで。俺の究極のテーマやね」

「全然難しないわよ。心配して言うてんねんから」

「分かってるて。石橋を渡るときも設計図面を調べなおしてから渡るぐらいの慎重さでやらせてもうてます」

その慎重さと同じくらいの大胆《だいたん》さを持ち合わせていることを、綾木は敢《あ》えて言わなかった。

「ホンマに気ぃつけてよ。その可愛い顔が見られへんようになったら楽しみが減るんやから」

「顔の維持《いじ》もせなあかんねんから、金貸しも大変やで」

綾木はそう言って、ママの好きな笑顔を見せた。

根津慎太郎《ねづしんたろう》は無表情で清洲組若頭《わかがしら》の梨田《なしだ》と向かい合って座っていた。組事務所のそれほど広くない応接スペースに、根津は一人で、梨田は舎弟《しゃてい》を二人、背後に控《ひか》えさせての会合だった。

「根津、ちょっとお前の手を借してくれ」

梨田から直々《じきじき》の指名だった。根津は腕っ節では清洲組一番、若頭補佐という肩書きももっていた。清洲組には若頭補佐が根津の他にも二人いる。補佐と名前がついていても梨田をサポートするのではなく、若頭に次ぐ役職という意味で、つまり、根津に命令できるのは組長をおいては、若頭の梨田しかいない。

「綾木いう金融屋を知っとるか?」

「名前だけは」

根津は無表情で答えた。

「その綾木を見つけ出して、少々痛い目に遭わせてやれ。北都ローンの客を綾木が飛ばしよった」

北都ローンは清洲組が経営している闇金融だった。もちろん表向きに清洲組の名前が出ないようにはしているが、金融屋同士では知られた話である。同じ闇金屋をしている綾木が知らないとは思えない。それを承知でやったことなら、清洲組は綾木に喧嘩《けんか》を売られたも同然だった。

「痛めつけるだけでええんですか?」

「もちろん、飛ばした客の借金も綾木から回収してこい」

「わかりました」

ヤクザは縦社会、上の命令は絶対だ。見ず知らずの綾木に恨みはないが、命令であれば仕方ない。根津は表情を動かすことなく頷《うなず》いた。滅多《めった》に動くことのない太い眉《まゆ》と、滅多に感情が表れない切れ長の目が、相手を威圧《いあつ》する。その無言の圧力に一回り以上も年上の梨田でさえ時折、怯《ひる》んだ様子を見せる。

「それで綾木はどこに？」

根津がそう尋ねると梨田は皮肉《ひにく》めいた笑みを浮かべて、

「さあな。大阪のどこかにはおるやろ」

つまりどこにいるか分からない綾木を見つけ出すことから始めろということか。根津はようやく梨田の意図《いと》に気付いた。

本気で綾木を探したいなら、人海戦術《じんかいせんじゅつ》で組員全てに号令を掛ければいい。そのほうが根津だけに命令するよりも断然早い。それに、綾木を痛めつけるのも根津でなければならない理由はない。むしろ、若頭補佐の根津が出向けばそれだけ事が大きくなり、綾木に出し抜かれた清洲組の失態を世間に知らせることになる。仮にも若頭の梨田がそれに気付かないはずもない。無茶《むちゃ》な命令をし、それに慌《あわ》てる根津が見たいだけなのだろう。梨田がこんなふうに根津に嫌がらせめいた命令を下すのは今に始まったことではなかった。

応接スペースの曇《くも》りガラスのパーテーションのすぐ向こうには、根津の舎弟である藤井《ふじい》が話が終わるのを待っている。根津は梨田に一礼して立ち上がった。一九〇センチ近い根津の身長では仕切も役には立たない。パーティションから飛び出した根津の頭に、藤井が慌てて立ち上がる。

「藤井、行くぞ」

「はい」

根津には直の舎弟はこの藤井しかいない。人の上に立つことを好まず、大勢を連れて歩くことも嫌う根津が唯一《ゆいいつ》、信頼して側《そば》に置いているのが藤井だった。見た目でヤクザと分かる根津とは違い、藤井は街で見かける普通の若者にしか見えない。ヤクザらしくない、そんなところが気に入って根津は藤井だけを自分の舎弟にした。

梨田が根津に命じたということは、根津と藤井の二人だけで綾木を探し出せということだった。

藤井に車を事務所の下まで回させ、その車に乗り込んでから、根津は藤井に尋ねた。

「お前、綾木を知ってるか?」

「闇金屋の綾木っすか?」

根津は黙《だま》って頷く。

「知ってますよ。一回見かけたこともあります」

藤井が何でもないことのように答える。

意外な答えだった。神出鬼没《しんしゅつきぼつ》、居場所は誰にも見つけられたことがないと噂《うわさ》で聞いたことがある。そんな綾木の存在を根津は急に身近に感じた。

「どこでや?」

「京橋《きょうばし》のキャバクラの前で」

「前か、中とちゃうんやな」

「中におったんは俺です。向こうは他の店へ入っていきました」

「お前、よう綾木の顔を知っとったな」

根津は疑問を口にする。

「綾木が入ってった店のママがそう呼んどったんですわ。常連みたいでしたよ」

「そうか」

根津には綾木に関する情報が他には何もない。藤井が知っていたのは運がよかった。まずはその店から当たるしかない。

「綾木を探すんですか？」

「ああ」

「見つけたらびっくりしますよ」

藤井の声はどこか得意げだった。

「なんでや」

「可愛い顔やいう噂は聞いたことあったんですけど、ホンマに可愛い顔してるんですよ。その辺のアイドルに負けてないっすね」

藤井の答えに根津は眉間《みけん》に皺《しわ》を寄せる。そんな答えが返ってくるとは思ってもいなかった。

「可愛いて、綾木は幾《いく》つや？」

「ぱっと見、俺とあんまり変わらんぐらいに見えましたけど」

「お前、今年二十三やったな」

「そうっす」

「そんな若いはずないやろ」

「でしょうね。金貸しのキャリアは十年近いいう噂ですから。それから考えたら少なくみても根津さんとタメぐらいなんとちゃいますか」

　根津は今年二十九歳になった。自分と同年代の男に付く形容詞が可愛いというのが根津には理解できない。他社を出し抜くあざといやり口とそれに似合わない容姿、綾木についての情報が増えたところで、根津の綾木への興味が増すことはない。ただ与えられた仕事をこなすだけだった。

「今、何時や？」

「五時を過ぎたとこっす」

　藤井が腕時計を見て答える。

「スナックに行くにはまだ早いな」

「開店はしてへんでも準備があるから店のモンは誰か来てるでしょ」

「そうやな。他に当てがあるわけやなし。藤井、案内せえ」

「わかりました」

　綾木を見かけたという店のある京橋まで、藤井が車を走らせる。京橋はキタやミナミの繁華街《はんかがい》に比べれば遥《はる》かに規模は小さいが、その分、庶民的《しょみんてき》な店ばかりが建ち並んでいる。値段も手頃で、それほど手当のない藤井が足を運ぶのも納得できた。

「ここからちょっと歩いてもらわんとあかんのですけど」

　京橋の大通り沿いにあるコインパーキングに車を入れ、藤井が言った。路上駐車天国の大阪であっても、ヤクザだからこそ駐車違反で警察に呼ばれることは避けたい。そのことは藤井が舎弟になった最初の日に言っておいた。

「かまへん。たいした距離やない」

　ここから飲屋街までは歩いても十分とかからない。車を降りた二人は暮れ始めた街の中を歩き始める。

「店の名前は『蔵《くら》』で五十代のママと女の子が一人いるだけの小さい店です」

「調べてたんか？」

「綾木が出入りするような店に興味があったんで、隣のキャバクラのマネージャーに聞いてたんすよ」

　表情には出さないが、藤井の情報量にはいつも驚《おどろ》かされる。根津に付いていないときはいつもどこかに顔を出し、新しいネタを仕入れてくる。ヤクザに見えない、どこにでもいそうな若者といった風貌《ふうぼう》が、藤井の情報収集を助けている。これが根津ではそうはいかない。ヤクザに適した風貌というのがあるのなら、根津の風貌はまさにそれを現実化している。人並み以上の体格は人を威圧し、充分二枚目の部類に入る顔立ちは、眼光の鋭《するど》さを引き立たせる。そんな根津を誰もが遠巻きにし警戒する。気軽に話しかけてくるのは、根津の雄《おす》の部分に目を奪われた女達だけだった。

「ここです」

ひしめき合って立つ雑居ビル群の中、五階建てのビルの前で藤井が足を止めた。藤井の言っていた『蔵』という店の看板が上がっている。

「ちなみに『ＭＯＯＮ』いうんが俺の行きつけです」

『蔵』の看板の真下に『ＭＯＯＮ』の看板がある。

「二階なんでそこの階段から行きましょう」

藤井が先に立って飾り気のない階段を上がっていく。

「目当ての娘でもおんのか?」

階段を上がりながら根津が尋ねると、藤井は振り返り嬉しそうに笑って、

「そんな美人とちゃうんですけど、何がいいって、口も軽いし尻も軽いっちゅうとこっすね」

「口が軽いのはあかんやろ」

「俺が口堅いんで大丈夫です。結構おもろいネタ持ってるんすよ」

自分のことは話さず、女からはネタを聞き出す。相当、口が上手《うま》くないとできない技だが、藤井にとっては造作《ぞうさ》もないことのようだった。

「その分やと、お前がヤクザやいうことも教えてなさそうやな」

「自由業や言うたらそれで納得してましたよ」

「確かに嘘《うそ》はついてへんな」

階段を上がると、すぐ目の前に『ＭＯＯＮ』があった。二階には二軒ずつ向かい合うように四

軒の店があり、『蔵』は右手の奥の店だった。店の前に行くと『準備中』の札がドアノブに下がっている。根津は構わずにドアを開けた。

「まだ準備中」

カウンターに座っていた五十代前半ぐらいの女が、ドアの開く音に振り返り、そして言葉を詰まらせる。

「あんたがママか？」

見るからにヤクザの根津にそう問われて、女は怯《おび》えながら無言で頷いた。よほど健全な店で今までヤクザとの関《かか》わりが一切なかったのか、それとも根津だからここまで威圧されるのか、女は誰もいない店の中を助けを求めるように視線をさまよわす。

「闇金屋の綾木、知ってるな？」

根津が低い声で尋ねると女の目がさらに泳いだ。

「自分の身が可愛かったら嘘は吐かんほうがええぞ。あんたが綾木の常連やいうのは分かっとんのや。綾木の居場所は？」

「知らへん」

根津はその答えの真実を見極めるためにじっと女の目を見据《みす》える。

「ホンマや、信じて」

根津には、この女がこの状況で嘘をつけるほどの度胸があるとは思えなかった。

「連絡方法は？」

「いつも向こうから定期的に顔を出してくれるから」

「今度はいつや？」

「たぶん、明日か明後日《あさって》くらいには」

女は聞かれたことに従順に答えていく。

「ええやろ。綾木が来ても余計なことは喋《しゃべ》るんとちゃうぞ。わかっとんな？」

根津が一際《ひときわ》大げさに凄味《すごみ》を効かすと、女はガクガクと何度も首を縦に振った。

綾木の居場所は分からなかったが、充分な情報だった。二日間くらいなら藤井に張り込ませておけばいい。

根津は藤井を目で促《うなが》し、ドアを開けさせる。

「邪魔したな」

女の返事は待たず、根津は店を出た。

来た道を戻り、駐車場に向かう途中、藤井が大きな溜息を吐く。

「なんや？」

「やっぱ、マジでおっかないっすわ」

「俺のことか？」

「さっきのママも今頃、腰抜かして立たれへんのとちゃいますか。ホンマ、敵に回したないですね」

「これでお前も隣の店に行かれへんようになったな」

「なんでです？」

不思議そうな顔で藤井が尋ねる。

「俺と一緒におったんや。お前もヤクザやいうことばれてしもたやろ」

「誰も俺のことなんて見てませんて。根津さんのインパクト強すぎて、俺の印象薄なってるんで大丈夫です。これからさっきの店に戻ってもママは俺のこと覚えてない思いますよ。なんでノープロブレムです」

妙な自信を持つ藤井に、根津はほとんど表情を変えずに苦笑する。

「それやったらええんやがな。明日、明後日、頼んだぞ」

「わかりました」

綾木と会うのはもう時間の問題だった。


「ママ、なんかおかしない？」

綾木は『蔵』のママに尋ねた。いつもなら綾木が顔を出しただけで喜んでくれるのに、今日は目を合わせようとしない。

「別に何もないわよ。五万やったわよね」

目を合わせないまま、ママは綾木に借りていた五万円と利息分の二千円を差し出す。

「いつもおおきに」

綾木の笑顔にママは全く反応しない。それどころか、

「章吾ちゃん、ごめん。今日はもう店じまいするから帰ってもらえる？」

早口でまくし立てるように言った。

「それはかまへんけど、どっか悪いの？」

「ああ、うん、ちょっと風邪《かぜ》ひいたみたい」

「それやったら大事にせなあかんなあ。そしたら俺は帰るし」

ママが風邪をひいているわけじゃないことは分かっていたが、客のプライバシーにまで干渉《かんしょう》するつもりはない。綾木は早々に『蔵』を後にした。

今日のホテルは京橋だった。場所は変わっても中身は相変わらずの安ホテルだが、ユニットバスはついている。綾木は一日の仕事の疲れをシャワーで洗い流し、ホテル備えつけの浴衣《ゆかた》に着替えた。

バスルームを出た綾木はベッドの縁《ふち》に腰掛ける。部屋の中にあるもので綾木の持ち物は、小さなテーブルの上のいつも肩から提げているバッグと、床に置いた必要最低限の身の回りの物が入った旅行鞄《りょこうかばん》だけ。着替えは三日分程度しか持っていない。下着ぐらいなら毎日手洗いすればそれで充分足りるし、下着以外は着替えがなくなればコインランドリーに行く。身綺麗《みぎれい》にはするが必要以上のお洒落《しゃれ》に興味はない。季節が変われば借りているアパートに入れ替えに行くが、そこにも最低限の着替えしかなかった。

綾木はテーブルの上のバッグから茶色の皮の手帳を取り出し、今日の収支を記入する。これを

しなければ綾木の一日は終わらない。

一日の仕事を終え、綾木がようやくベッドに横になろうとしたとき、綾木の部屋がノックされた。綾木がここに泊まっていることは誰も知らないはずだった。綾木は足音を立てないようにドアに近づいた。そして、覗《のぞ》き窓から外を覗く。明らかにヤクザとわかる風体《ふうてい》の男が若い男を連れて立っていた。根津と藤井だった。

「開けへんかったらそこにおろうがおるまいが、ドアを蹴破《けやぶ》んぞ。そしたら警察は来るわ、ドアの補修費は払わされるわで、それでもええんか？」

根津の言葉に、綾木は舌打ちする。警察も避けたいが、それ以上にドアの補修費を払うことはもっと避けたい。覚悟を決めて綾木はドアを開けた。それと同時に外から力強くドアが引かれ、根津が部屋の中に押し入ってきた。根津に腕を掴《つか》まれ、部屋の中央に引っ張られる。その間に、藤井が部屋のドアを閉め鍵《かぎ》を掛けた。

「綾木やな？」

ドスの効いた声で根津が綾木を見下ろす。根津の強い視線が綾木に注《そそ》がれる。腕はまだ根津に掴まれたままで逃げようがない。綾木は仕方なく根津の不躾《ぶしつけ》な視線を受け止め、根津を見上げた。根津が驚いたようにわずかに目を見開く。おそらく噂と本人のギャップに驚いたのだろう。そんな顔をされることに綾木は慣れていた。

「だったら何や？」

今更《いまさら》隠しようもなく、綾木にしては珍《めずら》しく険しい顔で答えた。一円の得にもならない相手には綾木は決して笑顔を見せない。

「佐藤を飛ばしてくれたそうやな」

ここ最近でヤクザから直接恨みを買っているとしたら、それは佐藤のことしかなかった。綾木はどこから話が漏《も》れたのかを考えながらも、

「何の話かさっぱり分からんな」

怯むことなく惚《とぼ》けて答えた。

自分よりも二十センチも背が高く横幅も倍近くある根津を前にしても、綾木は全く動じない。これぐらいで怯むようなら闇金屋などとっくに辞《や》めている。

根津は感情をあまり表に出さないタイプなのか、綾木の挑発《ちょうはつ》するような言葉にも表情を変えなかった。

「北都ローンに金を借りるようにしたんもお前の差し金か？」

「人の話を聞いてんのか？　何の話か分からん言うてるやろ」

「ええ度胸やないか」

根津がどこまでネタを摑んでいるのか分からないが、素直に認めたところで根津が大人しく帰るとも思えない。それならシラを切り通すしかなかった。

「誰が飛んだんかは知らんけどな、そんなもん、飛ばれるまで気付かんほうがアホなんや。気の抜けた商売してるからとちゃうか」

言い過ぎた、と綾木が思ったときには遅かった。根津は綾木の腕を放すと同時に右ストレート

を綾木の左頬《ひだりほお》に綺麗に決めた。綾木の細い体はベッドの上に吹っ飛ばされる。血の味が口の中に広がった。痛みと血の苦さに綾木は顔を歪《ゆが》める。

自業自得《じごうじとく》なのは綾木も充分、分かっていた。根津があまりにも無表情だから、つい挑発するような言葉を言いすぎてしまった。綾木に対して腹を立てているのなら、それなりの態度を取ってくれればもっと上手く立ち回れた。綾木は要領よく立ち回れなかった自分自身に苛立《いらだ》ち、それを根津にぶつけるように手の甲《こう》で口元の血を拭《ぬぐ》いながら、根津を睨《にら》み付ける。根津もまた綾木をじっと見つめていた。先に視線を逸《そ》らしたのは根津だった。

根津はドアの所に立ったままだった藤井を振り返る。

「お前はもうええ。先に帰ってろ」

「けど」

藤井は根津と綾木の顔を交互《こうご》に見て口ごもる。

「こいつ相手にすんのに俺一人で充分や。それにこっから先は見ていて楽しいもんでもないぞ」

根津の語気には反論を許さない強さがあった。藤井が言われるまま部屋を出て行く。

根津が無言で近づいてくる。綾木も黙ったままで根津の行動を見守る。腕の一本や二本、折られる覚悟はしておいたほうがいいだろう。根津が綾木のいるベッドの側に立った。綾木は根津を見上げて、

「言うても無駄《むだ》やと思うけど、一応言うとく。俺を半殺しにしたところで俺は一円も出さんし、俺を殺しても一円も手に入らんぞ」

根津の言葉での答えはない。その代わりに根津の右手が綾木に向かって伸ばされた。殴《なぐ》るにしてはゆっくりとした手の動きを綾木は目で追う。根津の手は綾木の浴衣の腰紐《こしひも》に掛けられ、簡単にしか結んでいなかったそれはすぐに解《ほど》かれた。根津の手によって左右に割られた浴衣の下は、下着一枚身につけただけの姿だった。

「何やって……」

問いかけようとした言葉は、根津の視線に遮《さえぎ》られた。さっきまでの無表情が嘘のように欲望を剝《む》き出しにした熱い目で綾木を見ている。その目の意味に気付かないでいられるほど、綾木は鈍《にぶ》くはなかった。体を捻《ひね》ってベッドの上から逃げ出そうとする。

「逃がさへん」

根津がベッドに上がり、素早く綾木の体を跨《また》いで押さえつけた。これでは逃げようにも圧倒的な体格差で身動きが取れない。

「本気か？」

綾木の問いかけへの答えは、今度も言葉ではなく態度で示された。根津の大きな右手が綾木の顎《あご》を摑む。根津の顔が近づいてくる。きつく唇《くちびる》を結んでいると、右手の力で口を開かされ、根津の舌を受け入れさせられた。

暴力的なキスだった。激しい口づけに満足に呼吸もできない。口腔内《こうこうない》を根津の思うままに蹂躙《じゅうりん》される。体の中心が熱くなり、根津の手を引き離そうと摑んでいた綾木の両手は、力をなくしてベッドの上に落ちた。

根津の右手は顎を離れ首筋へと降りていく。根津の唇は耳へと滑《すべ》り耳たぶを甘く噛《か》む。

「フッ……」

思いがけない刺激に綾木の口から短い息が漏れた。

剝き出しの肌を撫《な》でる根津の右手が、キスだけで尖《とが》った胸の先端を触れる。指の腹で擦《こす》られ、指先で摘《つま》み上げられる。したことはあってもされたことのない愛撫《あいぶ》に、綾木の体温が上がっていく。

「……んっ」

綾木の口からこぼれた甘い声に、根津の動きがエスカレートする。根津の頭は綾木の胸元まで下がり、指とは違う濡れた柔らかい感触が綾木を刺激する。舐《な》められると声が出る。歯で軽く挟《はさ》まれると震《ふる》えが走る。

仕事に夢中でここ数年、綾木はセックスから遠ざかっていた。気づかないうちに体は飢《う》えていたのか、根津の与える刺激を求めるように背を反《そ》らせ胸を突き出してしまう。根津の左手が綾木の下着にかかっても、もっと強い快感《かいかん》が欲しくて腰を浮かせて協力した。だが、根津の手は綾木の中心には触れなかった。秘められた最奥に触れられ、綾木は一瞬にして正気に戻る。そこまでいけば気持ちいいだけではすまないことは知識として知っていた。綾木は逃《のが》れようと必死で手足をばたつかせる。

乾《かわ》いた音が部屋の中に響《ひび》いた。根津の大きな右手に左頰を張られ、その容赦《ようしゃ》ない平手に綾木の意識は一瞬遠のく。その隙《すき》に左右に大きく両足を開かされた。

綾木はぼんやりとした意識の中で、どうすればダメージを抑えられるか考えた。やられることが間違いないなら、無駄なダメージは受けたくなかった。

根津がスーツの上着をベッドの下に脱ぎ捨て、ベルトを外してスラックスのファスナーを下ろしているのが見える。綾木は覚悟を決めた。

「そこに鞄があるやろ」

綾木の言葉に根津が視線だけをテーブルの上の鞄に向ける。

「そん中にチューブの傷薬が入ってるから、それ使てくれ」

「傷薬？」

「そんなデカイもんいきなり挿《い》れられたらスプラッタになるわ」

そう言ってから、綾木は縋《すが》るような目をして見せた。母性本能をくすぐると言われる顔が、どこまで根津に通用するのかは分からないが、少なくとも根津がこの顔に欲情したことは確かだ。

根津は綾木の必死の願いを聞き取り、手を伸ばして鞄を摑んだ。綾木は鞄の中に常に簡単な救急セットを入れている。こんなことに使うとは思わなかったが、それが役に立った。中を探ってチューブを取り出した根津は、蓋《ふた》を取り指の腹に中身を捻り出す。そして、改めて綾木の足を抱えなおした。根津の右手の人差し指が綾木の中に押し入ってくる。

「……っ」

指一本であれ、異物を押し返そうと全身が緊張して締め付ける。

「力抜けや」

「出来るんやったらそうしてる。俺かて痛い思いはしたない」

綾木の額《ひたい》に滲《にじ》んだ汗《あせ》が、綾木の言葉に真実味を持たせていた。根津は一瞬だけ考えるように綾木の顔をじっと見ていたが、それから思いついたように綾木の中心に左手を伸ばした。

「あ……」

思いの外《ほか》優しく根津の手に包まれて、綾木は吐息を漏らす。後ろの指の感触を忘れさせるように、根津の手が綾木自身を追い立てる。直接的な刺激が異物感を上回る。根津の左手の動きに感覚が集中して、指が増やされたことにも気付かなかった。

「……やば」

綾木は熱い息で呟く。

「何か言うたか?」

「もう……イキそうや」

「イッたらええやろ」

根津がフッと笑う。強姦《ごうかん》されているはずが、誤解しそうなほど根津の声が優しい。根津の手に煽《あお》られて綾木の呼吸が速くなる。

「ああっ……」

綾木は根津の手の中に吐き出した。

根津は手を離し、中を広げていた指を引き抜くと、下着を下ろして自身を綾木に見せつけた。勢いを持って天を向く根津の中心に、綾木は息を呑《の》む。これが自分の中に入ってくるのだと思うと、覚悟を決めていても腰が引ける。

「ゆっくり……来いよ」

「わかった、ゆっくりやな」

根津が綾木の後ろの入り口に自身を押し当てた。言葉の通り、ゆっくりとじわじわ押し広げられ、綾木の中に徐々に根津が入ってくる。

「うっ……くぅ」

痛みよりも圧迫感で綾木は呼吸ができない。

「息吐け、息」

「……無理」

息苦しさで綾木の目に涙が滲んだ。

「綾木」

根津の呼びかけに、綾木は霞《かす》む目で根津を見上げる。根津が背中を屈《かが》め顔を近づけてきた。今度の根津の口付けは優しかった。呼吸を促すように息を送り込まれ、そして吸われる。

「ふぅ」

ようやく綾木の呼吸が楽になる。唇を離し、それを確認した根津が、再び腰を進めてくる。あり得ないと思った根津の大きさが、綾木の中に全て埋《う》め込まれた。

綾木はそっと二人を繋《つな》ぐ場所に手を伸ばした。

「マジで……入ってる」

人体の不思議に、綾木は状況を忘れ感嘆《かんたん》の声を上げた。

繋ぎ目に手を添えた綾木に煽られたのか、綾木の中の根津がさらに大きくなった。そして、

「動くぞ」

「えっ、ちょ、待っ……」

半分ほど抜かれ、また貫《つらぬ》かれた。ずり上がる体は腰を摑まれ押さえられる。

腰を摑んだまま根津が膝立《ひざだ》ちになった。

「ああっ……」

貫かれる角度が変わり、綾木の口から嬌声《きょうせい》が漏れる。そこが感じる場所だとは知識として知っていた。けれど、それがこれほどまでに強烈だとは思わなかった。突かれる度に声が漏れる。硬く立ち上がった綾木の先端から溢《あふ》れだしたものが二人の繋ぎ目を濡《ぬ》らしている。理性の歯止めはとっくになくなり、もっともっとと根津を求めて腰が揺れる。根津を締め付ける。

「チッ、キツすぎや」

根津が舌打ちして熱い声で呟く。イキそうになるのを堪《こら》えている根津の顔は、綾木から見ても男の色気に溢れていた。

綾木は根津に向かって手を伸ばした。

「なんや?」

根津が荒い息の中、綾木が伸ばした手の意味を問いかける。綾木は意図的に声を出さずに唇だけを動かした。予想通り、根津がその声を聞き取ろうと身を屈める。綾木はその首に手を回し引

き寄せる。根津の色気のある顔にキスしたかった。

綾木から仕掛けたキスに、根津はその倍の激しさで応《こた》える。根津は綾木の腰を摑んでいた手を片方だけ離し、片手で綾木を支え、空《あ》いた手を綾木の頭の後ろに回し頭を支えた。互いに互いを貪《むさぼ》りながら、根津は綾木に腰を打ちつけ、綾木はその動きに呼吸を合わせる。

目も眩《くら》み、意識が飛びそうなほどの快感に、綾木は我慢できずに二人の体の間ではち切れそうになっている自身に手を伸ばした。

「んっ……くぅ」

先に果てたのは綾木だった。脱力した綾木の中に、すぐに根津も熱い迸《ほとばし》りを打ちつけた。


根津は呆然《ぼうぜん》とベッドの縁に腰掛けていた。自分のしたことが信じられなかった。今まで一度として男に欲情したこともなければ男と寝たこともない。それに女を相手にでも無理矢理ねじ伏せるような真似《まね》をしたこともなかった。けれど、あのとき、ベッドの上で唇の血を拭う綾木の姿を見たとき、ねじ伏せ組み敷きたい欲望に襲われた。綾木の顔に似合わないキツイ目がそうさせたのか、それとも血の匂いか、この歳になってこれほど冷静さを無くしたのは初めてだった。

「おい」

考えにふけっていた根津の背中に、綾木が呼びかけた。根津はゆっくりと振り返る。綾木がだるそうに俯《うつぶ》せに寝転がったまま、顔だけを根津に向けている。

「やるだけやっといて何落ち込んでんねん」

「そうやない」

「どっちでもええわ。それより、お前、どこの組のモンや？」

根津はまだ名乗ってもいなかったことにようやく気付かされる。名乗るよりも前に体を繋げていた。

「清洲組の根津や」

「偉《えら》そうな態度からして、上の方なんやろ？」

「若頭補佐いう肩書きはついとる」

「なるほどな。ほな、口止め料寄こせ」

「なんやて？」

聞いたばかりの言葉が信じられず根津は聞き直す。

「清洲組いうたら大阪では一、二を争う暴力団や。そこの若頭が男のケツに夢中になって必死に腰を振ったんやで？　そんなことが周りに知られたら面子《めんつ》、丸潰《つぶ》れやろ」

奇妙な脅《おど》し文句だった。強姦されたほうがそれをネタに金や関係を強要されることなら聞いたことがあるが、強姦したほうが脅されるとは思わなかった。根津は珍しいものを見る目で綾木を見た。

「なんやねん、その目は」

「お前のほうこそどうなんや」

あまりにも堂々と悪びれない綾木の態度に、根津は尋ねる。

「今更噂が一つや二つ増えたところでどうっちゅうことあらへん。こっちはお前と違って体裁《ていさい》なんか気にせんでええ身分やからな」

綾木はそう言ってニヤッと笑う。たった今、男に強姦されたばかりとは思えない変わり身だった。

「好きなだけ持ってけ」

根津は床に脱ぎ捨てたスーツの上着を取り上げ、内ポケットから財布を取り出して綾木の目の前に放り投げた。

綾木は一瞬たりとも躊躇《ためら》わず、財布に手を伸ばす。

「やっすい面子やなあ」

綾木は財布の中身を、それこそ小銭まで根こそぎベッドの上に広げ、呆《あき》れたように言った。

「清洲組若頭補佐の面子の値段は、しめて二十八万七千六百円か」

「幾らやったら納得するんや」

「お前の面子の値段やぞ。そんなもんお前が決めろ」

「面子か」

考えたこともなかった。確かに『清洲組若頭補佐』の面子なら高い値が付くだろう。だが、それが『根津慎太郎』に変われればどれだけの価値が残っているのか。根津にはどれだけの価値もないように思えた。

「何難しい顔してんねん。用が済んだらとっとと帰れや」

綾木が財布を根津に投げつける。ここに来た目的は綾木を抱くことではなかったはずなのに、根津にはこれ以上、ここにいる意味が見いだせなかった。

根津はゆっくりと立ち上がり、脱ぎ捨てた上着を拾い上げ身につける。

「言うとくけどな、口止め料の支払いは早急に頼むで」

綾木が横になったまま、淡々とした口調で言った。

「本気で言うてんのか?」

「当たり前や。俺は金の話に冗談は持ち込まん」

綾木の顔は真剣そのものだった。根津は黙って頷いて綾木の部屋を出た。

ホテルを出ると、根津はスーツのジャケットの胸ポケットから携帯を取り出した。このまま事務所に戻る気にも一人の自宅に戻る気にもなれなかった。藤井の番号を呼び出すと、コール一回で藤井の声が聞こえてくる。

「お疲れ様です」

何時に電話をかけても藤井の声には張りがあった。

「お前、今どこや?」

「千日前《せんにちまえ》のゲーセンにいます」

いつもながら藤井の行き先に一貫性はない。千日前はミナミの繁華街の一角で、同じ名前の道路と地下鉄も走っている。

「そこからやったら近いな。俺のマンションに行って替えのシャツを持ってきてくれ」

もう十一時近かった。こんな時間に根津がシャツを買えるような店はどこも開いていない。汗と、そして最後に綾木に掛けられたものが根津のシャツを汚している。このままでは飲みにも行けない。根津のマンションは千日前にほど近い日本橋《にっぽんばし》にある。根津が自宅に戻るよりも藤井が行ったほうが早い。藤井にはこういうときのためにマンションの鍵を渡してあった。

「根津さんは今どこっすか?」

「まだ京橋や」

「二十分くらいかかりますけど」

「かまへん。その辺の店でメシでも食うてる」

クラブで落ち着いて飲むのでさえなければ、スーツの上着のボタンを止めることで汚れは隠せる。

「わかりました。すぐ行きます」

おそらく藤井は電話の途中から歩き出していたのだろう。電話の背後に聞こえる音が変わっていた。

根津から言い出さない限り、藤井からシャツの汚れた理由を聞かれることはない。藤井にクリーニングを頼まなければ、何の汚れか藤井に知られることもない。けれど、根津が綾木を抱いたことは、『面子』のために隠さなければならないことなのか、それで守れる『面子』にどれだけ意味があるのか、根津にはわからなかった。

根津が部屋を出て行った。ドアの閉まる音を確認してから、綾木はベッドの上に体を起こした。浴衣はいつのまにか腕から抜け落ち、ベッドの上でくしゃくしゃになっている。下着はベッドの下に投げ捨てられていた。綾木はそれらをそのままに、全裸のまま重い体を引きずってドアの鍵を閉めに行く。安いホテル故《ゆえ》にオートロックではなかった。あれだけ脅しておけば根津が戻ってくることも、仲間を呼ぶこともないだろうとは思うが用心するに越したことはない。それからまたベッドに戻りその縁に腰掛けると、サイドボードに乗せていた携帯を手に取り、登録してある番号の一つを呼び出した。

「まいど、綾木です」

軽い口調で名乗った綾木に、電話の向こうで息を呑む音が聞こえた。電話の相手は綾木の常連、舘川《たちかわ》だった。

「今月分やろ、分かってる。今日はあれやけど明日には何とか用意するから」

舘川が慌てて言い訳する。

「ええよ、明日まで待ちましょ。その代わり」

「なんや、嫌な予感がすんな」

「たいしたことやあらへんて。今から駅前のホテル京橋に来てほしいねんけどな。往診鞄《おうしんかばん》持って」

舘川はここ京橋で開業医をしている。といっても病院にいるより競艇場《きょうていじょう》にいる時間のほうが長いと評判の極道な医者で、もうすぐ還暦《かんれき》を迎えるにもかかわらず、ギャンブルを止《や》められないらしい。綾木への借金も全てギャンブルによるものだった。

「調子悪いんか？」

「疲れてるけど病気とちゃう。ま、若干怪我《じゃっかんけが》してるぐらいや。おっさんにはその診断書を書いて欲しいてな」

「なんやよう分からんけど、とりあえず行ったらええねんな。十分もかからんやろ」

「ほな待ってるから頼んだで」

綾木は電話を切ると、今度は鞄の中からデジタルカメラを取りだした。

「証拠は残しとかんとな」

そう言って綾木は乱れたベッドをカメラに収める。ついでに根津に嬲《なぶ》られ赤くなった胸の突起《とっき》も写真に収めた。それからようやくよれよれになった浴衣を身につける。

綾木には強姦されたショックはなかった。途中からは自分も楽しんだという自覚もある。しかもかなり夢中になって楽しんだ。そして、何より綾木は根津に興味を持った。体への被害を少なくしようとあれこれ注文をつけた綾木に、根津は文句も言わずに従った。

根津とは初対面だったが、清洲組若頭補佐としての根津の噂は耳にしたことがある。今時珍しい武闘派だと綾木に教えてくれたのは自称ヤクザ通の町工場の社長だった。根津が武闘派なのは間違いないだろう。綾木など右腕一本で殺せそうな体格に、融通《ゆうずう》の利かなさそうな性格。今のヤクザはもっと要領がいい。良くなければこれだけ取り締まりが厳しくなった今、組織として存在していくのが難しい。あんな性格でよく若頭補佐になれたものだと綾木は感心する。そんな根津が自分の面子にいくらの値を付けるのか、綾木は楽しみになっていた。

綾木がそんなことを考えている間に、舘川が来る時間になっていた。きっちり十分後に現れた舘川は、部屋の惨状と綾木の姿に驚いた声を上げる。

「お前、これて」

「絵に描いたような強姦現場やろ?」

綾木は冗談めかして言った。

「言うてる場合か。警察には?」

「俺が警察と仲良うできると思う? それにこれはこれで使い道があんねや」

綾木の手にはカメラが握られたままだった。舘川がそれに気づき、

「お前、まさか相手を脅すつもりじゃ」

綾木は肯定するようにニッと笑って見せる。

「恐ろしい男やで。何でも金に換算しよる」

「俺は損をすんのが一番嫌いなんや。せっかく金になるネタがあんのに、それを使わんのはもったいないやろ」

「あんまり無茶すんなよ。お前に何かあったらワシは誰に金を借りたらええねん」

闇金にしては低金利で金を貸す綾木は、舘川達のように正規の会社から借りられない人間にはありがたい存在だった。

「心配せんでも俺もそこまでアホとちゃう」

「こんな目に遭《お》うてんのにか？」

綾木はほんの数十分前の出来事を思い出して、フッと笑ってしまう。

「おっさん、これはアリやで」

「アリって……？」

予想外の言葉に舘川が言葉を詰まらせる。

「男がこんなにええとは思わんかったわ。予想外」

「おいおい」

「おっさんも死ぬまでに一回試してみたらどうや？」

「今更そんな経験はいらんわ」

舘川が大げさに身震いしてみせた。

「まあ、相性が良かっただけなんかもしれへんけどな」

「合意やったんか？」

「合意やったらこんな顔にはならへんわ。さすがに俺もそこまで悪趣味とちゃうで」

綾木は腫《は》れた頬を舘川に向けた。

「それより早う診察してくれるか？　シャワー浴びたいねんけど、肝心《かんじん》の証拠を洗い流してしもたら元も子もないやろ」

「証拠てまさか」

「そのまさかや。アホが中出ししよった」

「ワシが取んのか」

舘川がうんざりしたように言った。いくら綾木が可愛い顔をしているとはいえ、男の尻《しり》を覗くのは嬉しい仕事ではない。それが普通の反応だった。

「医者やろ？」

「残念なことに医者やねんなあ」

舘川は溜息《ためいき》を吐きながら往診鞄を開けた。


行きつけというほどではないが、何度か足を運んだことのある新地《しんち》のクラブで根津は酒を飲んでいた。シャツは既に着替えている。根津の思った通り、藤井は自分からは何も聞かなかった。血で汚れたとでも思っているのかもしれない。根津は藤井の運転してきた車の中で着替え、そのシャツは車を降りたときに近くのゴミ箱に捨てた。

「難しい顔してどないしはったん？」

根津の隣に座ったホステスが問いかける。

「仕事のことでちょっとな」

「お忙しいんでしょ？」

明らかに根津に関心のある様子で、女は膝《ひざ》をすり寄せてくる。綺麗な女だった。白い肌に赤のドレスがよく似合っている。大きく開いた胸元から細身の体にしては豊満な胸の谷間が見える。根津好みの体だった。けれど、欲しいとは思わなかった。最初にテーブルに着いたときに名刺を渡されたのに、もう名前も覚えていない。

「忙しかったらここに来てへん」

愛想《あいそ》の欠片《かけら》もない言葉に、プロのはずの女も一瞬、怯んだ顔を見せた。綾木はこんな顔を見せなかった。一度としてヤクザである根津に怯えたりはしなかった。女を見ながらどこか綾木に似たところはないか探している自分に根津は驚く。

クラブに来たのは間違いだった。ヤクザになってからというもの、酒を飲むのは女のいる店と決まっていた。一人で静かに酒を飲みたいと思っても、そんな店では根津は目立ちすぎる。それならいっそ女のいる華《はな》やいだ店に来たほうが目立たない。

「根津さん、失礼します」

テーブルのいたたまれない雰囲気に気付いたのか、このクラブのママが根津のテーブルに着いた。和服がよく似合い落ち着いて見えるが、まだ三十代後半くらいだろう。

「俺のことやったらほっといてくれてええぞ。勝手に飲んどるから」

「そうはいきませんよ。根津さんのところにはいつもお世話になってますのに」

ママが愛想笑いで応える。

この店はもちろん清洲組のシマだったが、ママの言うお世話は、組の誰かが度々客として来ていることを指しているのだろう。新地のクラブに頻繁に来られるくらい羽振《はぶ》りがいいのは、根津には梨田くらいしか思いつかなかった。

「梨田さんはよく？」

根津は無表情でカマを掛けた。

「ええ、週に一、二回は来てくれはります」

やはり梨田だった。いつ鉢合《はちあ》わせしないとも限らない。仕事以外で梨田の顔を見たくなければこの店に来るのは控《ひか》えたほうがいい。根津は心の中でこの店には客としては来ないようにしようと決めた。

「梨田さんのお気に入りはあの娘《こ》なんですよ」

ママが奥のテーブルを手で指し示す。丈《たけ》の短い黒のワンピースを着た女が笑っている。小柄でぽっちゃりした感じがどこかで見た印象を受けた。

「根津さんとはずいぶん好みが違わはりますね」

根津は可愛いよりも美人、ぽっちゃりよりも細身を好む。ママはそれを知った上で隣に座るホステスを選んでいた。綾木に当てはまるのは細身だということだけ。結局、また綾木のことを考えてしまう。冷たいグラスを握っていても、綾木の温かい肌の温《ぬく》もりは消えない。冷たい水割りを口に含んでも、熱かった綾木とのキスを思い出す。おそらく今日、隣にいる女を抱いたとしても、きっと女の顔が綾木の顔にすり替わるだろう。

綾木の記憶が消せないまま、根津はさらにグラスを重ねた。

2

携帯の呼び出し音が部屋の中に響いている。

綾木は頭から被っていた布団から這《は》い出し、ベッド脇に備え付けられた時計を見た。午前十一時を過ぎている。目覚ましは午前中の約束がない限りは掛けないことにしている。睡眠時間は大抵七、八時間。何時に寝ても七、八時間経てば目を覚ます。それが今日は計算すれば十時間以上も寝ていたことになる。昨日の根津との行為は、綾木が思った以上に体力を消耗《しょうもう》していたらしい。

綾木は体を起こし、テーブルの上に置いていた鳴り続ける携帯を手に取った。

「はい？」

綾木は電話に出ても、誰からの電話か分かるまでは決して名乗らない。それはもう習性になっていた。

「章吾ちゃん、あたし」

電話の声は『蔵』のママだった。綾木はようやく根津がどこからこのホテルを嗅《か》ぎつけたのか分かった。昨日、ママの様子は明らかにおかしかった。根津が『蔵』に目を付けた理由は分からないが、ママから綾木が近いうちに顔を出すことを聞き出し、店に顔を出した綾木の後を尾《つ》けたのだろう。

「ママ、こういうことは言うてくれんと困るわ」

綾木は軽い口調で言った。

「大丈夫やった？」

「大丈夫違《ちご》たら電話に出られへんて」

「ごめんねえ、あの人が怖くて言うこときかんと殺されそうやったんよ」

怖いと称されたのは間違いなく根津のことで、確かに一般人からすれば根津は一生近寄りたくない男だろう。

「おかげで俺が殺されかけたがな」

「いやあ、ホンマ、ごめんなさい」

ママは本当に恐縮《きょうしゅく》しているようだった。声の響きに媚《こ》びを感じさせる。

「ホンマに勘弁《かんべん》してや」

「お詫《わ》びにまたいっぱいお金借りるから。あ、お客さんもようさん紹介するし」

綾木の見込み通り、ママは自分からお詫びの方法を口にした。相手に負い目を感じさせるのも商売には有効だと、綾木はよく知っていた。

「でもまた来たらどないしよう」

「それは大丈夫」

「なんでやの？」

「和解したから」

綾木は心の中で、ものすごい和解方法やけど、と付け加える。

「そうなん？　それやったらええんやけど、章吾ちゃん、たまに無茶なことしてるから」

「その無茶が大きい儲けを生むから止められへんねんな」

綾木の視線がテーブルの上に移動する。鞄の隣には昨日、舘川に書いてもらったばかりの診断書が置いてあった。

それから『蔵』のママと二言三言会話して、綾木は電話を切った。ちょうどいい目覚ましになった。話をしているうちにはっきりと目が覚めた。綾木はベッドから降りバスルームに向かう。

「ひどい顔になってんで」

鏡《かがみ》に映る自分の顔に綾木は呟く。根津に殴られた頬は腫れ、唇の端は青く色が変わっていた。過去にも仕事絡《がら》みで揉《も》めて殴られたことが何度かあるが、その中でも根津の拳《こぶし》は一番重かった。

「一日や二日じゃ引かへんのやろな。商売にならんがな」

顔の傷は嫌でも人目を引く。綾木のように信用第一の商売をしている者にとって、暴力沙汰《ぼうりょくざた》に巻き込まれたという事実は信用を落とすことになる。綾木は腫れが引くまでは人目を避けるために極力外に出ないことに決めた。

「これは営業妨害された分も補償してもらわんと」

綾木は鏡に向かってニヤッと笑う。それから顔を洗い歯を磨《みが》くと、バスルームを出て一人がけのソファーに座る。目の前のテーブルの上にある診断書の隣には一枚の名刺があった。根津は気付いていないようだったが、財布の金を抜いたときに一緒に根津の名刺を抜き取っておいた。

「ここにも立派な肩書きがついとるやないか」

名刺には胡散臭《うさんくさ》い不動産会社の名前と、その下に根津の名前が印刷されている。肩書きは営業部長だった。

「住所も分かってることやし、早速《さっそく》、請求書を送らせてもらおか」

綾木はホテル備え付けの封筒に、名刺の住所を書き入れ、診断書だけを中に入れた。これだけでも根津にはすぐに何を意味するか分かるだろう。それからふと思い立って、再び携帯を手に取った。メモリーされているナンバーを順に繰りながら、目当ての名前を呼び出す。

「まいど、綾木です」

「おう、綾木か。久しぶりやな」

電話の相手は綾木の客で、自称ヤクザ通の森山《もりやま》だった。堺《さかい》で建築用部品を製造する町工場を経営している森山には、過去に一度だけ金を貸したことがある。取引先の倒産で不渡り手形を掴まされたときに、森山とは長い付き合いの銀行は一円も貸してはくれなかった。工場も自宅も既に担保に入っている。どこからも金を工面できなかった森山が最後に頼ったのが綾木だった。馴染《なじ》みの客からの紹介でもあったし、今回の借金も森山には何の非もないこと、来月からも順調に受注があり工場経営が苦しいわけではないことを考え、綾木は翌日までに一千万という借金の申し込みを受諾《じゅだく》した。借金は無事に半年で完済され、綾木は金額の大きさに見合った利息を手に入れ大満足で、森山も危機を乗り越えられたことで綾木に大いに感謝していた。それ以来、森山から借金の申し込みはないが、飲み屋で顔を合わせば奢《おご》ってくれ、町で偶然出会えば食事をご馳走《ちそう》してくれるという仲だった。

「情報通のおっちゃんに聞きたいことがあんねんけどな」

「なんやなんや?」

綾木に頼られたことが嬉しいのか、森山の声が弾《はず》んでいる。七十近くになっても息子に譲《ゆず》らず現役社長の森山は、人に頼られると俄然《がぜん》張り切る親分肌の男だった。

「清洲組で何かおもろい話あらへんかな」

「清洲組か」

森山は電話の向こうで少し考えた様子を見せ、

「上の二人が無類の女好きでな」

「上二人言うたら、組長と若頭?」

「そうや。競い合ってるわけやないんやろが、そこら中で手を出しまくってるらしい。しかも二人とも女の趣味がよう似とって、被ったこともあるいう話しや」

「それ、おもろいな」

森山がヤクザ通なのは、ミナミで大きなサウナ店を経営している森山の幼馴染みが情報源になっている。客にヤクザが多く、店内で交わされる会話が幼馴染みの耳に入り森山の耳に入るという図式だった。

「おっちゃん、その辺、もうちょっと詳しい聞いといてくれへんか?」

「それはええけど、ヤクザに関わっとんのか?」

森山の声が少し険しくなる。

「そんなたいそうな関わり方はしてへんて」

「それやったらええ。最近のヤクザは昔みたいに任侠《にんきょう》だの仁義《じんぎ》だのの通る世界やのうなっとるさかいな。関わっても得することなんか一つもあらへんで」

「よう分かってる」

「そやな。綾木はそんなにアホとちゃう。ほな、詳しい話が聞けたらまた電話したらええねんな」

「頼むわ、おっちゃん。おおきに」

カードは多いほうがいい。根津と関わることになるなら、それより上、組全体の情報も持っておくに越したことはない。綾木はどんなときでも相手の逃げ道を防ぎ、自分の逃げ道を作っておくことは忘れなかった。

それから綾木は部屋を出てバイク便を頼むためにフロントのある一階に降りていった。


「おはようございます」

藤井が根津のマンションのインターホン越しに挨拶《あいさつ》する。朝の挨拶ではあるが、実際にはもう正午を過ぎている。

「すぐ行く」

根津はインターホンを戻し、スーツの上着を羽織《はお》って部屋を出た。

マンションの前では藤井が車の側に立って根津を待っていた。藤井は根津の姿を認めると、後部座席のドアを開ける。

「とりあえず事務所やな」

根津は車に乗り込みながら言った。藤井は頷いて、急いで運転席に戻る。

事務所に向かって車が走り出してすぐ、根津の携帯が鳴り出した。着信画面には清洲組組長、清洲武弘《きよすたけひろ》の名が表示されている。

「ワシや」

聞き慣れた清洲の声が耳に届く。

「お疲れ様です」

「急ぎの用がないんやったら、今からワシの家に来てくれ」

「わかりました。これからすぐに行きます」

根津は電話を切ってから、

「藤井」

「組長んとこっすね」

会話の内容、声の調子で、藤井は根津の電話の相手が清洲だとわかったようだ。根津が敬語を使うのは、清洲と梨田に対してだけで、藤井が言うには梨田のときにはもっと声が冷たいらしい。

清洲の自宅は大阪湾に近い住之江《すみのえ》にある。根津のマンションからなら渋滞に遭わなければ車で三十分程度の距離だった。

根津が清洲の家に着くと、既に家の前には梨田の車が停まっている。運転席にいた梨田の舎弟が根津に気付いて頭を下げる。

「お前は先に帰ってええぞ。何時になるか分からんからな」

「そしたら、事務所に行ってますんで」

門の前に車を停めて根津を降ろすと、藤井はすぐに車を走らせた。清洲の家に余分な駐車スペースはない。暴力団組長の家というだけで、近所からは敬遠されているのに、大きな車が何台も路上駐車して道路を塞《ふさ》げば、さらに清洲の評判を落とす。近所の住人の中には待ちかねたように警察を呼ぶ家もあるかもしれない。だから、根津は清洲の家に来るときには必ず車は先に帰すようにしていた。

玄関に立っていた清洲の舎弟に迎えられ、客間に通される。そこには既に清洲と梨田が向かい合って座っていた。

「遅くなりました」

根津は部屋の手前で正座して頭を下げる。

「急に呼び出して悪かったな。まあ、そこに座ってくれ」

清洲が根津に梨田の隣を勧める。

「失礼します」

根津は膝を進めて梨田に並んだ。根津が落ち着くのを待って、

「梨田に言うとったんやがな、お前に任《まか》せた言うから」

清洲が尋ねる。

「綾木の件ですか？」

「そうや。どうなった？」

「釘《くぎ》は刺《さ》しておきました」

「そんだけか？」

梨田が割って入ってきた。

「回収はどうした？」

「綾木は金を出すくらいなら死んだほうがマシいう奴でした。差し違えてこっちのやばいトコを垂れ込まれかねないので、二度と北都ローンの客には手出ししないと約束だけはさせました」

根津は全くの無表情で嘘を吐く。あのとき、そんな約束をする余裕はなかった。ただ根津のしたことを思えば、綾木がまた自分と関わろうとするとも思えない。

「それで引き下がってきたんか。お前、舐められとんのとちゃうか」

梨田がここぞとばかりに根津を責める。

「ええやないか」

清洲が静かな声で梨田を遮った。

「この件は梨田、お前に任せとったはずや。それやのに勝手に根津に一任したんはお前や。今更お前がどうこう言える立場やないやろ。どうカタをつけるかは根津の好きにさせたらええ」

「親父《おやじ》」

梨田が明らかに不満そうな声を上げた。

「何や、ワシの言うことに文句でもあんのか？」

「いえ、何も」

組長の一言に、梨田も引き下がるしかない。その代わりに険しい視線を根津に向けた。

梨田が根津を快《こころよ》く思っていないことは、根津も知るところだった。根津がまだただの一構成員だった二年前、清洲組の本家筋の抗争に巻き込まれ清洲が命を狙《ねら》われた。それを救ったのが根津だった。その見事な体躯《たいく》で清洲に向けられた短刀を遮った。そのときの傷は今も根津の背中に残っている。その一件以来、清洲の根津に向ける信頼は大きくなり、すぐに若頭補佐に取り立てられた。けれど、それは根津の望んだことではなかった。根津に野心はない。十代の頃から喧嘩に明け暮れ、まともな生き方を知らないからヤクザになっただけだった。だから、体を使えばいいだけのただの兵隊のほうが楽だった。梨田はそんな根津の態度が気に入らないらしい。どこか冷めたようで、野心剝き出しの梨田を馬鹿にしているように見えるのかもしれない。

「根津、お前、この後はどうすんのや？」

梨田のことなど気にかけず、清洲が尋ねる。

「一度、事務所に戻って新地に顔を出す予定になってます」

「そうか、空いとったらメシでも一緒にと思たんやけど、しゃあないな。お前が顔出さんと納得せん店がいくつもあるそうやないか」

「そういうわけではありませんが」

事実なだけに根津は曖昧《あいまい》に誤魔化《ごまか》した。根津は玄人《くろうと》の女性にもてる。ガツガツしていないところがいいと、根津がヤクザだと分かっていても言い寄ってくる女は多い。根津はその中で後腐《あとくさ》れのない女だけを何人か相手にしていた。はずだった。根津は後腐れどころか金を要求してきた相手の顔を思い出す。

「根津、どうした?」

珍しくぼんやりとした根津に、清洲が声を掛ける。

「いえ、そしたらこれで失礼します」

根津は席を立って、組長の部屋を後にした。

「根津」

玄関を出たところで梨田に呼び止められた。すぐに追いかけては清洲に不審がられると、間をおいてから根津を追いかけてきたのだろう。梨田は少し息が切れていた。

「親父は納得したようやけどな、ワシはあんな答えでは到底納得できへんぞ」

「どうせえ言うんですか?」

「もちろん回収や」

「それは無理っすね」

話に入ってきたのは帰ったはずの藤井だった。

「お前みたいな下っ端が出しゃばってくんな」

「下っ端ですけど、説明下手な補佐に代わって説明します」

藤井は梨田の睨みには全く動じなかった。

「手を組んで夜逃げをするくらいやったら、当然、北都ローンが法定利率を超えた利息を要求しとんのも綾木は知ってるでしょう。たとえ、綾木に金を払わせることができたとしても、綾木はすぐに警察に垂れ込む思います。自分だけが損することは絶対にせえへん言うてるらしいですから。警察に垂れ込まれたら、拠点のない綾木のようには逃げられません。今後、うちの客にだけは手を出さへんて約束させたのは、うちにとってはええ方法やったと思います」

「ペラペラとよう口が回んな」

梨田が忌々《いまいま》しげに言った。藤井の説明に反論ができないからだろう。

「二人分、喋らんとあきませんから」

藤井が平然と答える。

「もうええ、行け」

梨田が吐き捨てた言葉に、根津と藤井は軽く頭を下げ、清洲の家を後にした。

「お前、まだ帰ってなかったんか」

「いえ、いっぺん事務所に戻ったんですけど。あ、車、あっちです」

藤井が先を歩きながら、近くのコンビニに根津を案内する。

「ちょっとの間だけ言うて停めさせてもらいました」

藤井は清洲のために後部座席のドアを開けながら言った。

「その分、無駄な買い物しましたけどね。根津さんも半分、払《はろ》てくださいよ」

その言葉が示すように、助手席にはそのコンビニの名前の入ったビニール袋が置いてあり、若者向けの雑誌や缶コーヒーが入っていた。

「さっきは助かったけどもや、なんで戻ってきた?」

「事務所に根津さん宛にバイク便、届いたんですよ」

「バイク便?」

「後ろに置いてます」

藤井の言葉に根津は隣のシートを見た。そこにはよくある大きさの、ホテルの名前が入った白い封筒が置かれてあった。根津はそれを手に取り、貼り付けてあった伝票を見る。綾木からだった。

「他に見られたらヤバイかな思て、それ持ってすぐに事務所出て来たんすよ」

藤井の機転で綾木の名前は他の誰にも見られていないようだ。

根津はガムテープできっちりと封された封筒を開けた。

「何入ってました?」

気軽に問いかける藤井に根津は答えない。中から出てきた一枚の紙には診断書と書かれていた。明らかに性的暴行を受けたことが分かる内容に、根津は言葉を無くす。綾木は本気で根津を強請《ゆす》るつもりだ。

「藤井、京橋に行ってくれ」

「えっと、昨日のホテルですか?」

「そうや。俺を下ろしたらお前は今日はもう帰ってええぞ」

「新地へは?」

「すまん。なんとか都合つけてくれ」

「わかりました」

質問は受け付けない根津の態度に、藤井は黙るしかない。藤井が綾木のことを気にしているのは根津にも分かっているが、綾木を強姦《ごうかん》して、それをネタに強請られているなどと言えるはずもなかった。


綾木は鏡の前で顔の腫れの具合を見ていた。今日一日、仕事に出なかった代わりに舘川にもらった湿布《しっぷ》でずっと頬を冷やしていた。そのおかげで少しはマシになったように見える。

バスルームを出ると、ちょうどドアがノックされたところだった。綾木はそっと覗き窓を覗いた。予想通り、そこには無表情の根津がいた。

「まだここにおったんやな」

ドアを開けた綾木に根津が言った。

「他に移ったらお前が訪ねて来られへんやろうが」

綾木は根津を部屋の中に通す。

「移る?　お前、ずっとホテル暮らししとんのか?」

根津の問いかけに綾木は顔を顰《しか》める。

「そんなことも知らん奴に居所を突き止められたんか思たら腹立ってきた」

「居所を突き止めたんは俺やない。藤井や」

「ああ、あいつか」

綾木は納得して頷いた。

「お前についとるすばしっこそうな奴やな。それやったら分からんでもないわ」

「そんなことより、これは何の真似や？」

根津が押しつけた診断書を、綾木はニヤッと笑って受け取る。

「証拠がなかったら金を取られへんやろ」

「本気で俺から金を取るつもりやったんか」

「当たり前や。一円の得にもならん冗談を言う暇はない」

綾木はきっぱりと言い切った。

「それで、ここに来たいうことは自分の面子の値段、決まったんか？」

「俺の面子に値段なんかない」

「清洲組の若頭補佐やろ？」

「そんな肩書き、欲しい思たことは一回もないな」

淡々と話す根津に、綾木は露骨《ろこつ》に顔を歪《ゆが》めた。

「つまらん男やな、お前は」

「なんやて？」

「肩書きに拘《こだわ》らへんのがかっこいいとか言うて、ちやほやしてくるアホ女を相手にしてる分にはそれでええかもしれへん。けどな、ええ年した男が肩書きがないほうが気楽でええと思てるんやったら、それはただのアホや。偉そうな肩書きがあったらそれを利用するぐらいの度量を持たんかい」

自分は何の肩書きも持っていないことは棚《たな》に上げて、綾木は険しい顔で根津を睨み付ける。根津が役者不足のただの小物だったのなら、あれっきり関わりを断つべきだったと、綾木は自分の判断が間違っていたのか、根津の表情から窺《うかが》おうとする。

「肩書きがあろうがなかろうが、俺は俺や」

根津の言葉は正論には違いない。けれど、綾木を満足はさせなかった。

「もうええ。お前みたいなアホ、相手にしてられへんわ。帰れ」

綾木は舌打ちして根津を追い返そうとその背中を押した。

「わざわざ医者を呼んで診断書を書かせたんが無駄になってもうたわ」

根津の足が止まった。根津が自ら歩こうとしなければ、綾木がいくら押したところでビクともしない。

根津がゆっくりと振り返った。

「ホンマに医者に診《み》せたんか？」

「れっきとした証拠が残っとんのに、なんで金のかかる偽《にせ》の診断書なんかわざわざ頼まなあかんねん」

何を今更といった綾木の言葉に、さっきまで表情のなかった根津の顔色が変わった。険しい顔で綾木に詰め寄る。

「他の男にその体を見せたんか？」

「ああ？　何言うてんねん。俺が誰に何を見せようが……」

綾木の言葉は根津にきつく抱きしめられて途切れた。

また気付かないうちに綾木は根津のスイッチを押してしまった。昨日の今日で、綾木の体にはまだ根津の感触が残っている。根津の口づけをうっかり目を瞑《つむ》って受け入れてしまう。口づけられるとすぐに綾木の体に火が灯る。根津のキスも覚えている。テクニックよりも激しさで全てを奪うようなキスだった。

抱きしめられたまま綾木はベッドに押し倒された。至近距離で見つめ合うと、根津の目には昨日と同じ欲望の色が宿っているのが分かった。根津の手が綾木のシャツのボタンを外しにかかる。

「今日は殴んなよ」

昨日の快感の記憶は、綾木から拒絶の言葉を奪った。

「暴れんかったらな」

根津の言葉に綾木はムッと顔を顰める。殴られるのはまっぴらだが、脅しているような根津の言い方は気に入らない。

綾木は根津のネクタイに手を掛けた。

「なんや？」

綾木の手の動きに、根津が問いかける。

「脱がしたろ思てな。それとも今日も服着たままですんのか？」

「それやったらお前の手を借りるまでもない」

根津は体を起こして、ネクタイを外し、シャツのボタンを外すとスーツのジャケットと一緒にベッドの下に投げ捨てた。衣服の下に隠れていた見事な体軀が現れる。胸板は厚く盛り上がり、腹筋は割れ、腕の太さは綾木の二倍近くありそうだった。

「自慢げに見せつけやがって」

「そんなつもりはないんやけどな」

根津が苦笑する。昨日よりも根津には余裕があった。

根津はベッドの上に立ち上がり、今度は下肢に身につけた物を全て脱ぎ捨てる。それは上半身に比べても全く見劣《みおと》りすることはなかった。綾木は根津を見上げる。

「お前、その体で何人の女を泣かせてきたんや？」

「さあ、覚えてへんな」

根津が改めて綾木の上に被さる。

「男の数やったら覚えてるぞ」

根津が体をずらして綾木の胸に口づける。

「んっ……」

小さく尖った突起に歯を立てられ、綾木の体が震える。

根津は舌で胸の突起を転がしながら、右手で綾木のジーンズのホックを外しファスナーを下ろした。そして、その中に手を差し入れる。大きな手に包まれ、綾木の中心は形を変え始める。

綾木は根津の短い髪を強く摑んだ。

「汚れるやろ」

綾木の文句に根津は顔を上げて、

「ちゃんと脱がせろてか？」

綾木は濡れた瞳で頷いた。

根津は体を起こし、綾木の下肢から全てを、靴下《くつした》さえも剝《は》ぎ取った。

初めて裸で抱き合った。根津の体温を直接肌で感じる。その熱さが心地よかった。

根津は綾木の体の至る所に口付け、そして、その唇は中心に向かう。

「ちょっ、……マジで？」

覚えのある感触に綾木は肘《ひじ》を付いて背中を曲げ、首を起こした。

根津が綾木を銜《くわ》えている。過去に女にしてもらったことはある。けれど男の根津がするとは思わなかった。その意外性が余計に綾木を煽る。

「あ……あぁ……」

綾木は声を抑えようとはしなかった。今更取り繕《つくろ》ったところで、根津とのセックスに快感を覚え、貫かれて達したことは根津に知られている。それなら、楽しまなければ損だ。

硬く張りつめ先端から溢れ出すまで、根津は口で綾木を嬲《なぶ》った。

「もう……イク……。イかせろ」

最後の一押しをしない根津に、綾木が訴える。

「まだや」

根津は顔を上げ、綾木の腰を摑んだ。そして、そのまま綾木の体を俯せにし、腰を持ち上げる。

綾木は肘を曲げた腕で体を支え、根津を振り返る。

「いきなり挿れんなよ」

「わかってる」

短く答えた根津は、背を丸め顔を綾木の後ろに近づけてきた。

「やっ……」

濡れた柔らかい感触に、綾木の腰が跳《は》ねる。どんなに首を曲げても肝心のその場所は綾木には見えない。けれど、見えなくてもその柔らかい感触が根津の舌だと分かった。

根津の動きは確実に昨日よりも手慣れていた。根津が男を抱いたのは昨日が初めてだったはずだ。終わった後の、あの呆然とした様子から、綾木はそう確信していた。けれど、今は男である綾木を喜ばせようとしている。綾木の入り口を解きほぐそうと、根津の舌先が舐めては突きを繰り返す。その柔らかい刺激に揺れる腰を、根津の手が支える。

根津がどんな顔をして綾木の後ろに顔を埋めているのか、この体勢では見ることが出来ないが、その顔を想像するだけで綾木の中心は熱くなる。

根津はさんざん入り口を唾液で濡らしてから、今度は指を入れて押し広げる。広げたそこにまた舌を差し入れる。根津の指先は昨日見つけた綾木の感じる場所を確実に責めたてた。

「根……津、……もう」

綾木は顔を両手の間に埋めたまま根津に訴えた。緩やかな刺激では物足りなかった。はっきりと根津を中に感じたいと思った。

綾木の言葉を受け止めたのか、濡れた感触がなくなり、両手で腰を掴まれた。すぐに根津の硬い凶器が押し当てられる。綾木は息を吐いて衝撃に備えた。めり込んでくる大きさにどうしても顔が歪む。

「う……んっ」

奥深くまで根津に突き刺された。綾木の中で根津が脈打っている。

根津が体を倒し、綾木の背中に覆い被さる。

「綾木……」

息を吹きかけるように耳元で囁《ささや》かれる。根津は左手だけで体を支え、右手を綾木の胸に伸ばす。

「……何？」

てっきりすぐに動き出すと思っていたのに、根津は綾木の胸を弄《いじ》り、耳や首筋に舌を這わせるだけだった。

「じら……してる……つもりか？」

「もう、ええんか？」

根津は綾木が根津の大きさに馴染《なじ》むまで待っていたらしい。

「ええから、……早く」

その言葉に綾木の中の根津がさらに大きくなる。

「あ、ああっ」

根津が強く腰を使い、深く穿《うが》たれて嬌声が溢れる。綾木はシーツを握りしめ、根津の動きに合わせる。

綾木の喘《あえ》ぎ声の合間に、根津の息づかいが聞こえる。背中に感じる息の熱さに根津の興奮を感じる。

終わりが近かった。

根津の動きが早くなる。綾木の中心は爆発の瞬間を待っている。

「根津っ……」

綾木は叫ぶように名を呼んだ。根津が綾木に手を添えて終わりを促す。二人はほぼ同時に終わりを迎えた。


ビジネスホテルの狭いシングルベッドの上に、根津はヘッドボードに背中をもたれさせて座り、その隣には綾木が俯せに寝転がっている。根津には一度目のときのような気まずさはなかった。

「お前、俺に惚《ほ》れとんのか?」

綾木が顔だけを上げて、根津を見ながら世間話のついでのように尋ねる。

「一回だけやったらその場の勢いいう言い訳もできる。まあ、俺の体がめちゃめちゃ良かったんやとしてもや、二回目やで？　それに、さっきのあのキレ方はどう考えても嫉妬《しっと》やろ？」

「分からん」

根津の正直な気持ちだった。綾木にだけ、何故《なぜ》これほど執着《しゅうちゃく》するのか。他の誰にもこんな執着心を持ったことはない。綾木が言うような理由以外には説明がつかないが、それでも、それが何故綾木なのかが分からない。

「そうか、惚れたか」

根津の言葉を肯定と受け取った綾木が、嬉しそうに笑う。初めて見る綾木の笑顔に根津は息を呑む。

「それやったら話は別や。脅迫《きょうはく》すんのは止めといたろ。俺に惚れてんのやったら、脅迫なんかせんでももっとええ使い道がある」

「使い道てどういう意味や？」

「惚れた相手には会いたくなるやろ。そら、呼び出しにも飛んでくるわな。ヤクザを顎で使えるなんてそう出来ることやないで」

「その度に俺がお前を抱いてもか？」

「調子に乗んな、アホが」

綾木の表情は一転、険しくなる。全く表情を出さない根津に比べ、綾木はクルクル表情を変える。根津はその全てに目を奪われた。

「惚れとんのはお前のほうだけや。何で俺がいちいち相手せなあかんねん。俺が診断書を持ってること忘れんなよ」

「結局、脅迫はするんやないか」

「気持ちの問題。脅《おど》されてしてる思うより、惚れた男のお願いを聞いてる思うほうが気分ええやろ」

「そうかもしれんな」

　根津はフッと笑う。

「そういう顔もできんのやないか」

「いつも俺はどんな顔をしてる？」

「そんなことも分からんのか」

　綾木が呆れたように言った。

「お前、自分に興味ないやろ」

「自分に興味？　考えたこともないな」

「それでや、そやから自分の面子の値段も分からんのや」

「分からんとあかんもんか？」

「お前はな」

　綾木はそう答えてから、腕を着いて体を起こそうとした。

「あ痛《いた》た」

腰に痛みが走ったのか、綾木はベッドに突っ伏した。

「大丈夫か？」

「誰かさんが二日続けて頑張ってくれちゃったせいで、腰が立たへんわ。体のそこら中が痛いし」

見上げる綾木の顔を、根津は真剣な表情で見つめる。

「悪かった」

「何を今更」

「まだ腫れとんな」

根津は綾木の顔に手を伸ばした。綾木の顔に残る腫れに、今更ながら、昨日、本気で殴ったことを後悔《こうかい》する。

「触んなや。痛い言うてるやろ」

「すまん」

「悪い思うんやったら休業補償してくれ」

綾木からこの顔では人前に出られず仕事にならないと説明され、根津はすぐに金の話を持ち出す綾木に呆れる。

「また金か。そんなに金が大事か？」

「微妙に違う」

「何がや」

「金が大事なん違《ちご》て、金を儲けることが大事なんや」

綾木は至って真面目な顔で答える。

「その違いがよう分からんな」

「例えばや、オリンピックに行ってメダルを獲《と》ってきた奴に、メダルだけもうてもそんな嬉しないやろ。それはメダルを手に入れた喜びはあっても、勝ち取った喜びがないからや。それと一緒や」

分かったような気にさせる、よく分からない綾木の例えに根津は眉を寄せる。

「そしたら、今、目の前にポンと一億積まれたら?」

「そら喜んでもらうがな」

「言うてることがちゃうやないか」

「アホか。人の話をよう聞け。メダルを手に入れた喜びはある言うたやろ。自分で一億稼ぐよりは喜びが少のうても、嬉しいもんは嬉しい」

全く色気のないピロートークだったが、根津は神妙な顔で綾木の話に耳を傾けた。綾木の話は極端で偏《かたよ》っているのに妙な説得力がある。それは綾木に迷いがないからだろう。偏った考え方だろうが、世間から見れば間違っていようが、綾木は自分の生き方に自信を持っている。根津は一度として、そんなふうに自信を持ったことはなかった。だから根津には綾木がまぶしく見えた。まぶしすぎるからその光を消そうとねじ伏せ、それでもまだ光を放つ綾木に惹《ひ》かれた。

「なんや?」

黙ってしまった根津に、綾木が問いかける。

「お前の言うたことはホンマかもしれん」

「俺の言うたことは常に正しいけどもや、どの話や？」

根津は綾木を見ていて気づいた気持ちを正直に打ち明ける。

「俺がお前に惚れてる言うたことや」

「やっと自覚したか」

「ああ、した」

「ほな、携帯の番号を教えろ」

「それはかまへんが」

「そこの携帯取ってくれ」

綾木がテーブルの上の携帯を指さす。根津は体を曲げ手を伸ばしてそれを取ると、綾木に渡した。

「ほら、番号」

綾木に促されて、根津は暗記している十一桁の数字を口にする。綾木はそれを携帯に打ち込むと、

「よっしゃ、これでいつでも呼び出せる」

「俺に何をさせるつもりや？」

「そらそんときになってみな分からんな。期待して待っとけ」

「何をさせられるか分からんのに期待できんのか？」

「俺に会えるっちゅうのを期待しといたらええねん」

惚れられた者の強みで綾木が笑う。この笑顔を見るために少しくらいの無理を聞いてもいいかと根津は思った。


根津が帰ってから一時間が過ぎた頃、今日、二人目の訪問者が綾木の部屋のドアをノックする。

「今月分、持ってこさせてもうたで」

ドアを開けた綾木の前には舘川がいた。舘川には昨日のうちにこの顔では回収に出向けないから持って来てくれるように言っておいた。綾木は舘川が差し出した封筒の中身を確認して、

「ご苦労さん。で、その往診鞄は？」

舘川の手には昨日と同じ鞄が提げられている。

「傷の具合を見といたろ思てな」

「先に言うとくけど、診察料、払わへんで」

「そう言うやろな思うてたわ。今日のはサービスしといたる」

綾木は部屋の中に舘川を通し、ソファーに腰掛けて舘川に顔の傷を診せた。

「ちゃんと冷やしといたみたいやな」

「早《は》よ治さんと外に出られへんからな」

「このぶんやったら明日にはだいぶ引くやろ。風邪や言うてマスクしといたら、それで充分隠れ

るぞ」

舘川は綾木の唇の端、殴られて切れた傷に薬を塗りながら言った。

「マスクか、持ってへん？」

「持ってこさせてもらいました」

舘川は鞄からマスクを取り出し、綾木に渡す。

「これもサービス？」

「お前が金出すとは思てへん。持ってけ」

サービスという言葉にも条件反射で笑顔が出る。

「おおきに」

綾木は満面の笑みで礼を言った。

「下のほうはどうや？」

「ああ、下な」

根津を受け入れた場所は、昨日の舘川の診察では裂傷はないが、少し腫れているとのことだった。

「昨日よりも腫れてんとちゃうかな」

綾木はさっきまでの行為を思い出して正直に申告した。

「お前、まさか」

「つい、今日もやってもた」

「昨日と同じ相手か？」

「そんな何人も物好きがおるわけないやろ」

「なんでまた」

舘川の口調は呆れている。

「惚れられちゃってねえ」

綾木はわざと茶化して言う。

「この顔が気に入ったんか、この体に夢中なんかは分からへんけど」

「お前は？」

「俺が何？」

「二回もやらせたんや。今日のは強姦《ごうかん》とちゃうんやろ？」

綾木は二度目の根津とのセックスを思い出す。最初に仕掛けてきたのは根津だった。けれど、途中からは綾木から誘いを掛けたことが何度もあった気がする。

「誰が見ても合意やろな」

「それやったら、お前のほうにかて、ちょっとは情があったんと違うんか？」

「情、ねえ」

いつもは無表情な根津が欲望を剝き出しにして襲い掛かってくるのは面白いと思った。初めて見た根津の笑顔もいい笑顔だと思った。

「これも情なんやろか」

「さあな、ワシには分からん話やけど、お前も金以外に好きなもんが出来たらええんとちゃうか」

「人を金の亡者《もうじゃ》みたいに」

「違うんか？」

「職業が金貸しで趣味が金儲けなだけや」

いつもながらの綾木の言葉に舘川が呆れたように笑う。

「金もええけど、金は葬式《そうしき》のときに泣いてくれへんぞ」

「葬式の話なんかしだしたらもう年やで、おっさん」

「そら、こっちはお前と違って性欲の枯《か》れ果《は》てたジジイやからな」

「いっそジジイのほうがよかったかもなあ」

綾木はしみじみとした口調で言った。

「何をもったいないこと言うてんのや」

「なまじ性欲なんかあるからややこしいことになってくんねん」

「ややこしなんのは性欲のせいちゃうぞ」

「うん？」

「色恋が絡むからややこしなんねん」

「どうでも色恋沙汰《いろこいざた》にしたいみたいやな」

「そら、そっちのほうがおもろいからな」

舘川が他人事《ひとごと》の気楽さで笑う。

「残念ながら、タダではおもろい話題は提供せえへんで、俺は」

「言うとけ。ほな、俺は帰るからな。下は自分で塗っとけ」

蓋のある丸い小さなケースを、舘川はテーブルの上に置いた。

「おおきに。また近いうちに呼んでや。待ってるで」

「俺は極力、お前には会いたないねんけどな」

舘川は最後に嫌な顔を見せて帰って行った。

一人になった部屋の中で、綾木は根津のことを思い浮かべる。根津がどういうわけだか綾木に惚れたのだとしても、綾木には根津に惚れる理由がない。体の相性がいいだとか、イクときの顔がよかったからだとか、そんな理由で惚れるような恋愛体質ではなかったはずだ。

「それでも色恋になんのかねえ」

誰もいない部屋で一人そんなことを考えていた自分に、綾木は小さく笑った。

3

綾木から電話がかかってきたのは二日後だった。

「俺や」

携帯から聞こえる綾木の声は、何かを企《たくら》んでいるのかどこか楽しげだった。

「今から藤井も連れて、天満橋の『あかり』いうスナックに来い」

「今から？　無茶言うな」

「場所は藤井が知ってるやろ。すぐ来いよ」

根津の反論は全く聞かず、綾木は一方的に電話を切った。

「根津さん、どないかしたんですか？」

切れた電話を手に難しい顔をした根津に、隣を歩いていた藤井が尋ねた。

清洲の代わりに葬式に出た帰りだった。清洲と付き合いのあった土木業者の社長の母親の葬儀《そうぎ》だった。社長本人であれば清洲が出席するのだが、その母親なら代理でも構わないだろうと根津が代理で出席することになった。自宅での葬儀だったために駐車場がない。車は近くの駐車場に停めてあった。

「今から天満橋の『あかり』いうスナックに行かなあかんようになった」

「また渋い店に」

藤井が根津の出した店の名に、驚いたように言った。

「知っとんのか？」

「たまたまなんすけどね。前を通りかかったときに入ってみたんすよ。ママが一人おるだけの田舎《いなか》のスナックいう感じでした」

いつもながら藤井の情報力には驚かされる。ただ遊んでいるように見えて、藤井の行動は全て情報収集のためだった。ヤクザをやるよりも情報屋のほうが向いていると思うが、どういうわけだか藤井は根津の舎弟という立場を気に入っているらしい。

「ほな、車いりますね。すぐ取ってきます」

藤井は根津を少しでも歩かせないように、急いで駐車場まで走っていった。根津は全く気にしていないが、藤井は舎弟が自分一人でも、根津の威厳《いげん》が損なわれないように気を遣《つか》っている。若頭補佐の根津が舎弟と一緒に駐車場まで歩くのは、藤井に言わせると体裁が悪いらしい。

根津はその場で藤井が車を回してくるのを待つ。一車線の道路の脇の歩道、住宅地に近い道路のために、藤井を待つ、この短い時間にも数人の人間が根津の横を通り過ぎる。その誰もが根津を避け、けっして根津に顔を向けようとはしない。根津が自分がヤクザであるともっとも思い知らされる瞬間だった。

藤井の運転する車が近づいてきた。根津はガードレールを飛び越え、停まった車の後部座席のドアを自分で開けて乗り込む。

「根津さん、今の幹部《かんぶ》っぽくないですよ」

藤井が車を走らせながら言った。

「今の？」

「ガードレール飛び越えたのですよ」

「ほな、どうせえ言うんや」

「ガードレールを引き抜くとか、足で蹴破るとか」

「できるか」

根津は呆れて小さく笑う。

「いや、でも根津さんやったらそんくらいしてもええんとちゃいますか。格好つけるいうんは何も悪い意味ばっかりやないと思うんですよ」

藤井の口調は至って真面目《まじめ》だった。

肩書き、体裁、格好、今が根津にとっての転換期なのか、最近、似たような言葉ばかりを耳にする。

根津が黙ってしまったので、藤井もそれ以上、軽口は叩《たた》かず、黙って車を走らせる。

一度行っただけだと言っていたが、藤井は全く迷うことなく『あかり』の前に車を停めた。

店の前には人だかりが出来、その中に綾木がいた。車を降りた根津に綾木が気付き、ニッと笑って近づいてくる。

「早かったやないか」

「すぐ来い言うたのはお前やろ」

「ヤクザも暇なんやな」

綾木は笑いながらそう言って、根津の後ろにいる藤井を見た。藤井は店の隣にある駐車場に車を停めた後、根津の後ろに黙って控《ひか》えていた。

「やっぱりこの店も知っとったか」

綾木に親しげに話しかけられて、藤井は不思議そうな顔で根津を見上げる。

「えっと、根津さん？」

「いろいろ事情があって、これからもちょいちょいこいつに手を貸すことになった。そのつもりでおってくれ」

「はあ」

肝心《かんじん》な理由を説明しない根津に、藤井はそれでもとりあえず頷く。

「そういうわけや。お前のことは当てにしててんねんから頼むで」

綾木が悪びれずに藤井の肩を叩いて言った。

「はあ」

今度も藤井は曖昧な返事でとりあえず頷く。到底、納得はできないだろうが、根津も綾木も、二人だけで交わした密約を話す気はなかった。

「それでこれは何の騒ぎや」

根津は改めて綾木に尋ねた。

「ママの昔の男が来て暴れてんのや」

綾木が店の方を見ながら、忌々《いまいま》しげな顔になる。

「警察呼んだらええやろ」

「警察なんかそんときだけや。その先もずっと見張っててくれるわけやない」

綾木は吐き捨てるように言った。そして、すぐに表情を変えて根津に笑いかける。

「それよりも二度と寄りつこうなんて思わんようにしとくべきやと思わんか？」

「それで俺か」

めまぐるしく変わる綾木の表情に驚きながらも、根津は表には出さずに答えた。

「そういうこと」

綾木が根津の背中を押して、『あかり』のドアの前に連れて行く。

「ほな、後は任せた」

店の中からガラスの割れる音が聞こえてくる。

根津はためらうことなくそのドアを開けた。

「えらい賑《にぎ》やかやな」

入り口に立ったまま、店の中を見回しながら根津は言った。カウンターの中にはママらしき女が、カウンターの外には男が一人、ビール瓶《びん》を振り上げている。床には食器や灰皿の残骸《ざんがい》が散らばっていた。

「だ、誰や」

明らかに根津に威圧《いあつ》された男が口ごもりながらも精一杯《せいいっぱい》の虚勢《きょせい》を張った。

「名乗るほどのもんやないけどな、ただのこの店の常連や」

そう言って根津はカウンターの椅子に座る。藤井も神妙な顔でその後に続き、根津の後ろに立つ。

「それやったら邪魔せんといてもらおか」

「邪魔？　邪魔しとんのはそっちやろ。俺は酒は静かに飲みたいんでな」

根津は『静かに』を強調して言った。

「兄貴、どうしはります？　誰か呼んでここ片づけさせましょか」

藤井が使ったことのない言葉で根津を呼ぶ。藤井は根津を『兄貴』とは呼ばないし、根津もそう呼ばせない。根津がヤクザであることを、ヤクザだと言葉に出さずに分からせるために、藤井が機転を利かせただけだった。

「そうやな」

根津は男の目を見据《みす》えながら、

「全部、片づけさせたほうがすっきりしてええな」

『片づける』にはお前も含まれているんだと目に力を込める。何もせずにいるだけでも根津は相手を威圧するのに、さらに根津が意図してそうすることによって、一般人には生きた心地がしないほどの恐怖を与える。見る間に男が震えだした。

「か、帰るわ」

男は震えた足で出口に向かった。

「ああ、おっさん」

根津は男を呼び止める。

「今度またこの店でおっさんが暴れてるようなことがあったら、分かってるな？」

根津の最後の脅しに、男は何度も頷いて、そして店を駆けだして行った。入れ替わりに綾木が店の中に入ってくる。

「ご苦労さん。さすが本職は迫力が違うで」

綾木は店の外から様子を窺《うかが》っていたらしい。感心したように言って、根津の隣に座った。

「つまらんことで俺を呼ぶな」

「お前にはつまらんことでも、今のを俺がしよう思てもできんやないか」

「確かに、綾木さんの顔やったら迫力に欠けますわ」

藤井が納得したように言う。

「そうやろそうやろ、ってお前もや」

綾木が屈託《くったく》のない顔で笑うと、藤井もつられて笑う。

「章吾ちゃん、なんやようわからんけど、おおきに」

ようやくママが口を開いた。

「たいしたことやあらへんて」

「それで、この人は？」

ママが根津をチラッと見て遠慮した口調で綾木に尋ねる。

「ママ、言うてたやろ？　ボディーガードつけろて」

「そしたら、この人が？」

「ええやろ？　タダやで」

綾木は得意げに言った。

「いつ俺がそんなもんになったんや」

自分抜きで進む話に、根津は憮然《ぶぜん》として口を挟んだ。

「何か文句でも？」

綾木に睨まれては、惚れた弱みで納得するしかない。根津は諦めて、

「文句はない。だが俺の目の届く範囲に限るぞ」

「大阪府下やったら大丈夫やろ？」

「ああ」

「ほなオッケー。俺のお客さんは大阪限定やから」

綾木は満足したように笑った。

「そしたら、俺はもう帰ってええな？」

「なんや、急いでんのか？」

「お前が急に呼び出してくれたおかげでな」

「そら悪かったな」

口では謝りながらも綾木に悪びれた様子は欠片もない。

根津は立ち上がり目で藤井を促す。

「あ、ちょっと」

藤井が店のドアに手を掛けたところで、根津はママに呼び止められた。

「なんや？」

「章吾ちゃんのこと、よろしく頼むわね」

ママの口ぶりは、まるで親か親戚かのようだった。

「綾木、これは頼まれてもええもんか？」

「もちろんや。大阪府下に俺のファンは多いぞ。俺に何かあったら苦情は全部、お前のとこに行くようにしとくわ」

「勝手に言うとけ」

根津は苦笑して店を出た。

外に出ると、藤井は既に駐車場にいた。藤井の運転技術は情報収集力と同じくらいに根津は認めていた。どんなに狭い駐車場でも、藤井は短時間で器用に車を出し入れする。今日もまた根津を待たすことなく、根津の前に車をつけた。

根津は自分の前に停まった車の後部座席のドアを開けて乗り込む。

「遅くなったんで事務所に寄らずにキタに顔見せに行きますか？」

車をスタートさせた藤井が、運転席から振り返り尋ねた。

「そやな。そうしてくれ」

綾木のおかげで最近の根津は予定を狂わされっぱなしだった。

日中でも混んだ市内の道を、藤井が車を走らせる。

「ちょっといろいろびっくりしたんですけど」

「そうやろな」

藤井が綾木とのことを言っているのは分かる。根津は曖昧な答えを返した。

「なんやろ、綾木さんといると、根津さんの雰囲気が柔らかなりますね」

「そうか?」

自覚がないだけに根津は首を傾《かし》げる。

「さっきもママに話しかけられてたし、前よりも話しかけられるようになったと思いませんか?」

「言われてみたらそうかもしれん」

「綾木さんの空気が根津さんのおっかなさを中和してんのかな」

「俺よりもアイツのほうがなんぼかおっかないぞ」

根津の言葉に藤井がプッと吹き出す。

「根津さん、顎で使われてますもんね」

「また格好つかんて言わへんのか?」

「格好ついてますよ。さっきのも男気《おとこぎ》溢れるヤクザって感じでよかったです」

「なんや、褒められとんのか」

「何言うてるんですか。俺は常に根津さんのことを褒めてるやないですか」

「それは全く気ィ付かへんかったな」

「気づいてくださいよ」

初めて根津は藤井の軽口に付き合った。藤井はそれが嬉しいのか、さらに口の滑りがよくなる。

確かに綾木と出会ってから変わっていく自分に、根津は気づかないわけにはいかなかった。


根津達が帰ってから、『あかり』のママは大忙《おおいそが》しで店の後片づけを始める。こんな日でも店を休むつもりはないらしい。開店に間に合わせようと走り回るママを横目に、綾木はカウンターに座って遅めの昼食を取る。すっかり冷めてしまったオムライスはママのお手製だった。『あかり』に回収に来たのが昼過ぎで、昼食はまだだと言うと、ママが作ってくれることになった。これから食べようというときにママの昔の男が来て暴れ出したというわけだ。

「そうそう、章吾ちゃん、さっきの人、どこで捕まえてきたん？」

最後のガラス片を片づけ終わったママが、綾木の隣に座って尋ねる。

「どこでて、向こうから俺んとこに来たんや」

「ホンマモンでしょ、あの人」

「それはもう思い切り本職」

「危ないの？」

「俺には」

綾木は笑顔で否定する。

「もしかして、お客さん？」

「残念ながら、アレは金には困ってへんねん」

「ほな、何か弱み握ってるとか？」

惚れた弱み、という言葉が浮かんだが、綾木はそれを口にはしなかった。

「なんでそんなんばっかりやねんな。俺にかって人並みの付き合いっちゅうのはあんねんで」

「そう？　初めて聞くけど」

「そら言うたことないから」

「友達とどっか遊びに行ったりすることあんの？」

「友達とは常に一緒や」

「常にって」

綾木はニッと笑って、

「諭吉《ゆきち》さんやろ、一葉《いちよう》ちゃんやろ、それに英世《ひでよ》さんに式部《しきぶ》ちゃん」

「真面目に聞いて損したわ」

ママが呆れたように言った。

「小さいときからそうやったん？」

「小さいときかあ」

綾木は昔を懐かしむように遠い目をする。毎日を忙しく走り回っている綾木が、昔を思い出すのは本当に久しぶりだった。

「子供のときは、ただの貯金好きのどこにでもおるような子やったよ」

「貯金好きの子供なんて、そうどこにでもおらんと思うけど」

「でもあれやで、家が貧しかったからとか、借金で家庭崩壊《かていほうかい》したとか、そういう劇的なもんはあらへんなあ。ごく一般的な家庭やったと思うわ」

綾木が自分のことを話すのは珍しかった。何が弱みになるか分からない。だったら何も話さないほうが賢明《けんめい》だと、この商売を始めてからはほとんど話したことはなかった。それなのに今こうして話す気になったのは、綾木の中に生まれた新しい感情のせいで、けれど、綾木はまだそれに気づいていない。

「そしたら何で金貸しを始めたん？」

「好きなことが仕事になるていう理想的なケースやね」

綾木が人に金を貸し始めたのは高校生のときだった。あくまで趣味の金貸しは、大学に進んでも続いていた。大学を卒業して就職もしてみたが、趣味の金貸しのほうが充実して楽しかった。それならとわずか半年で会社を辞め、趣味を本業にした。

「楽しそうやもんねえ」

「だからやめられへんねんな」

「やめんでええんとちゃう。あたしも章吾ちゃんに会われへんの寂しいし」

「俺もママに会われへんかったら寂しいで」

甘えるような綾木の口調に、ママは嬉しそうに笑う。

「あたしの払う利子にでしょ」

「そんなホンマのこと言われたら顔出しにくくなるやん」

「思てもないくせに。ま、ええわ。章吾ちゃんの安全はあの人が保証してくれるんやし、これからも安心して借りられるわ」

「まいどおおきに」

綾木はにっこり笑ってお礼を言いながら、馬鹿正直に綾木の呼び出しに駆けつけた『あの人』の顔を思い浮かべる。

呼び出しに応えたからといって、綾木は根津に何の礼もするつもりはなかった。二回きりの根津との関係は、確かに今までで味わったことのないほどの快感を与えてはくれたが、そのまま流し崩しに関係を続けようとは思わない。たとえ、それを根津が望んでいたとしても、今の綾木には金儲けに勝るものはなかった。


綾木からの電話はさらに三日後に来た。根津はその電話を神社の参道を歩きながら受けた。この神社の縁日《えんにち》に出る屋台は清洲組が取り仕切ることになっている。今日はその場所決めのために、屋台主たちが集まって会合を開き、根津はそれに立ち会うことになっていた。

「今度はなんや?」

電話に出た根津は、そう切り出す。

「とりあえず関空に来てくれ」

綾木は相変わらず一方的だった。

「関空？　また今すぐ言うんか？」

「急げよ。飛行機が出てまうからな」

綾木がまた言いたいことだけ言って電話を切った。

「綾木さんっすか？」

隣を歩いていた藤井が尋ねる。根津は頷くと、

「藤井、後はお前に任せてええか？」

会合はこれから始まる。一癖も二癖もあるテキ屋達を、本来ならただの一構成員が取り仕切れる場ではなかった。けれど、藤井は全く迷わずに答えを返してきた。

「たまには一人で頑張りますか。いいっすよ。行ってください」

「すまんな」

滅多に見せない申し訳ないような顔で根津は言った。

藤井から車の鍵を受け取り、根津は久しぶりに自分で運転して関西国際空港に向かう。市内から関空までは車を飛ばせば一時間もかからない。

電話があってから一時間に満たない五十分後、根津は空港のロビーにいた。

「今、着いたぞ」

根津は綾木の携帯に連絡を取る。

「間に合ったわ。国際線の出発ゲートの前や」

綾木が詳しい場所を説明する。

根津は電話を切ってすぐに急ぎ足でその場所に向かった。広い空港の中を早足で歩くこと五分、綾木の姿が見えた。

「ご苦労さん」

綾木のほうから根津に近づいてくる。

「こんなとこまで呼び出して今度は俺に何をさせるつもりや」

「黙って立っといてくれたらええわ」

「そんだけでええんか?」

「お前のその外見が必要なんや」

綾木はそう言うと、視線を出発ゲートに向けた。

「来たぞ。ついてこい」

一人の男に気づいた綾木が早足で歩き出す。根津もその後に倣《なら》った。

「沢渡《さわたり》さん」

綾木の呼びかける声に振り向いた男は、一瞬にして表情を強《こわ》ばらせた。沢渡と呼ばれた男は見たところ四十代半ばのサラリーマン風だが、服装はスーツではなく、いかにもこれからバカンスに出かけるといったラフな格好をしていた。

「昨日が返済日やってんけど、忘れとった？」

沢渡の行く手を遮った綾木が、軽い口調で尋ねる。

「そ、そうやねん。うっかりしてて」

「携帯、着信拒否されてたんはなんでかなあ」

「それは」

沢渡が必死で言い訳を探しているのが、傍《はた》で見ていて根津にも分かった。

「なんかの間違いとちゃうかな」

「へえ」

綾木は沢渡が手にしているチケットを見て、

「勤続二十年の特別休暇なんやって？」

「会社に電話したんか？」

沢渡の顔がさらに引きつった。

「聞いとった会社と違う名前なんで驚いたわ」

後ずさり始めた沢渡の後ろに、根津は先回りする。

「別れた奥さんが怒っとったで。ハワイに行く金があるんやったら養育費払えてな」

綾木と沢渡のやりとりを見ていて、ようやく根津も事情が飲み込めた。

沢渡が金を借りるときに綾木に伝えていた身分は嘘で、しかも、沢渡は借金を踏み倒して旅行に行こうとしている。昨日が返済日で今日の出発便には間に合うように関空に先回りしているということは、綾木は初めから沢渡を信用はしていなかったのだろう。本当の勤め先も別れた女房の連絡先まで調べておいた上で、沢渡が期日までに返済しなくても逃げられないようにしておいたのだと考えられる。

「今、ここできっちり返してもらおか」

綾木は目を細め沢渡を睨み付ける。

「そんな持ち合わせは」

「すぐそこにＡＴＭがあるがな」

綾木が顎で近くのキャッシュコーナーを指し示した。

「貯金はそんなにあらへん」

「貯金はのうてもカードは持ってるやろ」

「カード会社から借りろてか」

「金を借りるのは得意やろ？　早よせな飛行機に乗り遅れんで」

沢渡は綾木の顔を見、背後の根津をこっそり覗き見て、諦めたように歩き出した。根津の役目は沢渡を威圧し、逃がさないようにすることだった。

沢渡を挟むように空港内のキャッシュコーナーに行き、

「利息にプラス二人分のここまでの往復の交通費を含む迷惑料も忘れんといてや」

綾木は沢渡にトドメを刺した。

機械にカードを差し入れ、沢渡に暗証番号まで打ち込ませてから、綾木は借り入れ金額だけを自分で押した。

「そんなに？」

綾木の押した金額に、沢渡が悲鳴を上げる。

「自分のしたことよう考えろや。最初に言うといたはずやで。悪意を持って返済を滞《とどこお》らせた場合は、利息は十倍にするてな」

綾木が険しい顔で沢渡を睨み付け、機械から吐き出された紙幣を問答無用で掴み取った。そして、そのまま肩から提げたバッグに仕舞い込んだ。

沢渡が出発ロビーに消えていく。きっと楽しくないバカンスになるだろうが、そんなことは綾木の知ったことではない。

「車で来たんやろ？　途中まで乗せてってくれ」

綾木はずっと黙ったまま隣にいた根津にようやく声を掛けた。

「さっき交通費まで取ってなかったか？　しかも二人分」

「ヤクザが細かいこと気にすんな」

綾木は根津の背中を押し、駐車場に向かって歩き出した。

「今みたいな奴は多いんか？」

根津が尋ねる。

「ごくたまにやな。他の闇金と違《ちご》て、俺のは全部口コミで広がってくんや。俺から借りた奴が金に困ってる他の奴に紹介する。けど、ろくでもない奴を紹介して、そいつが返さへんようなことがあったら、紹介した奴も俺から金を借りられへんようになるやろ。そやからお互いに身元を保障し合ってるいうわけや」

　沢渡を紹介したのは新地のクラブのホステスだった。そのホステスも偽物《にせもの》の名刺で騙《だま》されていたのだから、綾木はそのホステスを責めるつもりはなかった。

「お前の商売が長続きしてんのは、その辺に理由があんのか？」

「それもあるやろな」

　駐車場までの間、二人で並んで歩いていると、見事なほどに人が避けて通っていく。

「その絶対に堅気《かたぎ》には見えへん風貌いうんは便利やな。逆らったら後々何されるかわからんいう不気味《ぶきみ》さがあるやろ」

　綾木は根津を見上げながら感心して言った。

「今まではどうしてたんや？」

「もっと回りくどうやっとったけどな、今は楽でええわ。それにあの男はハナから俺に金を返す気はなかった。そんな奴は客とちゃうからな。二度と顔を見せんようなやり方をしたほうがええんや」

「金貸しもいろいろ大変やな」

　妙に納得した口調で根津が言った。

「お前は？　俺が呼び出したとき何やってたんや？」

「テキ屋の会合」

根津が何でもないことのように短く答える。

綾木にはヤクザの世界の仕組みはよく分からないが、『会合』と名が付けば、それなりに大事なものではないのかと、いきなり呼び出したことは棚に上げ、根津の無鉄砲さが心配になる。

「抜けてきてよかったんか？」

「藤井に任せてきた。あいつやったら俺より上手いこと仕切りよるやろ」

根津の口調にはほんの少しだけ、自分の舎弟を自慢するかのような得意げな響きがあった。綾木は何となくそれを面白くなく感じて、軽い嫌みを口にする。

「そうやな。あいつのほうが向いてそうや」

「お前、えらい藤井の腕を買っとるみたいやないか」

鈍い根津には綾木の嫌みは通じなかった。綾木の思惑《おもわく》とは違う意味で、根津はわずかに眉を寄せた。

「なんや、焼《や》き餅《もち》か？　男の嫉妬は見苦しいぞ」

冗談で言った綾木の言葉に根津が真面目な顔で、

「見苦しいか、初めて言われたな」

「それはそれは、さぞかしカッコのよろしい人生を送ってこられたんでしょうな」

「冗談で言うとんとちゃう」

「なんやねんな」

急に本気な口調で詰め寄る根津に、綾木も真面目な顔になる。

「見苦しいてカッコの悪いとこを見せんのは、お前がそうさせてるからや」

「俺のせいにすんなや」

「お前のせいやなかったら誰のせいや言うねん。お前以外に誰が俺をこんなに本気にさせんのや」

「そんな改まって口説《くど》かれてもなあ」

「口説いてるつもりはない。事実を言うてるだけや」

どこまでも融通の利かない馬鹿正直な男の言葉は、綾木の胸にストレートに胸に響く。綾木にしては珍しくすぐに言葉が返せなかった。

「なんや、おかしな顔して」

黙ってしまった綾木を根津が見下ろして問いかける。

「何がおかしな顔や。闇金界のアイドルに向かって失礼やな」

綾木はすぐに自分を取り戻し、軽口を叩く。

「アホか」

根津が喉《のど》を鳴らして笑う。出会って十日が過ぎたが、根津が声を上げて笑う姿を綾木は初めて見た。そのせいなのか、それとも根津の男らしい顔立ちのせいか、綾木はその笑顔に引き込まれ商売抜きの笑顔になる。笑う根津の隣を、笑いながら歩く自分に、不思議なほど違和感がない。それどころか、昔から一緒にいたかのように根津が隣にいることを当たり前に感じる。

「こっちや」

駐車場に着き、根津が車を停めた場所に綾木を案内する。『あかり』に来たときと同じ黒のベンツだった。

「前も思たけど、さすがにええ車に乗っとんな」

綾木は助手席に乗り込みながら言った。

「俺の趣味やない。親父からのお下がりや」

「親父いうたら、組長さんのほうか？」

「そうや」

根津は短く答えて車を走らせる。

中古とはいえ、それほど古くも見えない外車を譲り渡されたことは、清洲の根津への肩入れ具合が綾木にも容易《ようい》に窺えた。

「お前が特別目を掛けられてるいう噂はホンマやったんやな」

「噂？」

「ヤクザ通のおっさんに聞いた。次期若頭の最有力候補やってな」

森山に清洲組の情報があったら知らせて欲しいと電話をしてから、森山は何度か電話をくれていた。根津が次期若頭の最有力候補になっているという話は昨日、聞いたばかりだった。

「それは知らへんな」

バックミラー越しの根津は、全く表情を変えていない。

「知らんの違て興味ないだけやろ」

　自分に興味のない男、自分の価値を知らない男、それが根津に対する綾木の印象だった。自分の価値を十二分に利用する綾木とは対極にいる男だと思っていた。

「ええやないか、若頭」

「何がええんや」

「少なくとも人に使われる回数は減るやろ」

「その分、お前に使われそうやがな」

　真面目な口調で言った根津に、綾木は笑う。

「そらええな。早よ若頭になってくれ」

「機会があったらな」

　意外なほどあっさりと根津が答えた。今までの根津なら上に上がっていくことを望まなかったはずだ。それが積極的ではないにしても上に上がっていくことを受け入れるようになっている。根津自身は自分のその変化に気づいているのか、綾木はそっと根津の横顔を盗み見る。初めて会ったときの根津は、人を寄せ付けない冷たい表情をしていた。今の根津にはそれがない。ただ車を運転しているだけの今も、無表情ではなくなった。

「それで、どこまで送ってったらええんや?」

　根津に尋ねられて、綾木は視線を根津の横顔から車内の時計に移した。まだ夕方の五時を過ぎたところだった。次の約束は夜中に近い時間で、まだまだ時間がありすぎる。

「メシでも食うてくか？」

綾木は根津を誘った。

「どういう心境の変化や？　まさか俺を呼び出した礼いうわけやないんやろ？」

「なんで俺がお前に礼をせなあかんねん。タダメシにありつけるか思ただけや」

「まあそんなとこやろな」

根津の声に苦笑が混じっている。

「ええやろ、何が食いたい？」

「奢りで食うもん言うたら、そらやっぱり寿司やろ」

「どこか行きつけでもあんのか？」

「そうやな、弁天町《べんてんちょう》に行ってくれ」

「弁天町？」

根津が驚いて聞き返した。

弁天町は大阪環状線でいうと、京橋のちょうど反対側にあたる。近くには港もあり、繁華街はないが、昔ながらの町並みの残る住宅街だった。

「駅んとこに旨《うま》い回転寿司屋があんねん」

「意外やな。てっきり、新地あたりのバカ高い寿司屋に連れて行かれると思てたんやが」

「人の金でも無駄は嫌いなんや。俺はここの寿司を旨い思てる。それで充分やろ」

「お前らしい」

根津が笑いながら、弁天町方面への高速の入り口にウィンカーを出した。

車は駅近くの駐車場に停《と》めていた。店から駐車場まで根津《ねづ》は綾木《あやき》の隣を歩きながら、ふと綾木と出会ってからまだ十日しか経っていないことに気づく。当たり前のように一緒に食事をし並んで歩いているが、十日前までは見ず知らずの他人だった。

「おかしなもんやな」

根津はしみじみとした口調で言った。

「ああ?」

「お前とこうやって歩いてるなんてな」

「ホンマやで。よう考えたらお前は犯罪者やねんから」

「犯罪者?」

「強姦犯《ごうかんはん》やないか。まあ、男相手は強姦罪は成立せえへんから、傷害やけどな」

根津に反論する言葉はなかった。初対面の綾木を押し倒したのは、ほんの十日前のことだ。黙るしかない根津を、綾木が面白そうに笑っている。

駐車場に着いて車に乗り込んでから、根津はまだ綾木の行き先を聞いていなかったことに気づく。当たり前のように助手席に乗り込んだのだから、当然、根津に送れということなのだろう。

「今日はホテル、どこに取ってんのや?」

根津は綾木に尋ねた。

「ホテルまで送ってくれんのか？」

「はなからそのつもりやったんやろ？」

「いいや」

綾木がニヤッと笑って首を横に振る。

「ホテルまでついて来られたら貞操《ていそう》の危機《きき》やからな」

「そんないつもいつも発情してるか」

根津は憮然《ぶぜん》として反論する。

「どうだか。下心ありありの顔してんぞ」

綾木が笑顔で根津の顔を覗《のぞ》き込む。

挑発《ちょうはつ》されているのは分かった。分かっていてもその挑発に乗るしかない。それだけ根津は綾木に惹《ひ》かれていた。

根津は綾木の腕を取って胸元に引き寄せる。

「分かっとんのか？　外やぞ」

車の中とはいえ、夜だとはいえ、駅周辺には人通りが絶えない。男二人が抱き合う姿を誰に見られないとも限らなかった。そんな綾木の忠告も根津を止めるブレーキにはならない。

「構うか。挑発したんはお前や」

根津は綾木の両腕をきつく掴《つか》み動きを封じる。綾木の、内面に似合わない可愛《かわい》い顔がすぐ目の前にある。根津が顔を近づけていくと、唇が触れあう直前に綾木が目を閉じた。薄く開いた綾木の唇の間から、根津は舌を差し入れる。綾木を拘束《こうそく》していた両腕を離し、右手を背中に左手を頭の後ろに回し、さらに強く引き寄せる。根津の舌に綾木の舌が応《こた》え、互いの舌が絡《から》み合う。二人の体温も車内の温度も上がるほどに、口づけは激しくなっていった。

「ホテル、どこや」

キスだけでは足りない。唇を離した根津は、熱い声で綾木の耳元で囁《ささや》く。

「残念ながら今日はミナミのカプセルホテルや」

「それは」

根津は言葉に詰まる。てっきり前と同じビジネスホテルだと思い込んでいた。カプセルホテル

には根津一人でも窮屈《きゅうくつ》なくらいだ。

「無理やろ?」

そう言った綾木の笑顔には激しいキスの余韻《よいん》を感じさせる艶《つや》っぽさがあった。

「ホテルやったらすぐ前にあるぞ」

弁天町《べんてんちょう》の駅には根津を誘うように大きなタワーホテルがそびえている。

「言うたやろ。俺は人の金でも無駄《むだ》は嫌いやって。やるためだけにホテル代なんか払えるか」

「俺のマンションやったら?」

「残念でした。時間切れ」

綾木は根津の肩に手をついて体を起こす。

「次の仕事の時間や。俺も忙《いそが》しい身でな。いつまでもお前と遊んでられへんのや」

「仕事には勝たれへんか」

根津はため息をついてから、そう言った。綾木がどれだけ仕事、つまり金儲《かねもう》けが好きかは短い付き合いでも嫌と言うほど分からされた。

「どこや、その仕事先」

「こんな車で乗り付けたら相手に警戒されるやろ。電車で行くわ」

「そうか。わかった」

綾木がドアを開けた。

「綾木」

「なんや？」

「また何かあったら電話かけてこい」

「言われんでも」

最後に笑顔を見せて綾木は車を去っていった。

根津の車を降りて、綾木はすぐ前にある地下鉄の駅に向かった。次の仕事の約束まではまだ時間がある。急いでいるわけでもないのに、車を降りたのは流されそうな自分に気づいたからだった。根津の熱い目に流されて、危《あや》うく根津のマンションに付いていくところだった。

弁天町の地下鉄は、地下鉄なのに地上に駅があり、二つ先の駅までは地上を走っている。そのために電車に乗るには階段を上がらなければならない。その階段に足を掛けた綾木は、その足を降ろし回れ右をしてJRの駅に向かった。まっすぐ次の約束の場所に向かっても時間が余る。それまでの時間を『蔵《くら》』で過ごすことにした。ママには貸しがある。きっとタダ酒を飲ませてくれるはずだ。

綾木はJRの弁天町の駅から環状線に乗った。JRを選んだのは、『蔵』のある京橋《きょうばし》までは、地下鉄に乗るよりもJRのほうが安いこともある。乗り換えなしで行けるからというのも理由の一つだ。けれど、それ以上に地下に潜《もぐ》る気分にならなかったことが最大の理由だった。二駅は地上を走るとはいえ、その先は結局地下を走る。考え事をするときに地下に入ると気が滅入《めい》って、悪い方向に考えてしまいかねない。

正直なところ、綾木は戸惑《とまど》っていた。あしらえているうちはよかった。けれど、何度が顔を合わせていく度に、根津の想いに飲み込まれそうになる。セックスでさえ根津に会うまで何年もしていなかった。まともな恋愛になると、もう思い出せないほど昔の話になる。自分がどんなふうに恋愛をしていたのか、綾木は思い出せなかった。だから、根津のことを過去の例に当てはめてみようとしても無理だった。

車内のアナウンスが綾木の降りる『京橋』の駅名を告げる。

考えていても答えが出ないのなら考えるだけ無駄《むだ》だ。綾木は停車した電車からホームに降りると同時に頭を切り換えた。

『蔵』は駅から歩いて十分の距離にある。

「こんばんは」

綾木は陽気な声でドアを開けた。

「章吾《しょうご》ちゃん、来てくれたん」

ママが泣き出しそうな顔で綾木を出迎えた。

「元気なとこ、見たいやろ思て」

この店に来るのは、根津にホテルに乗り込まれたあの日以来だった。

「ホンマに何ともないねんねえ」

ママは綾木の姿を上から下まで見下ろした。顔の腫《は》れなどとっくの昔に引いている。

「おかげさんで」

「座って。何でも奢《おご》るし」

「ほな、遠慮なく」

まだ時間が早いせいか店には他に客がいなかった。食事を終えた客が流れてくるのはこれからだった。綾木はそれでもカウンターの一番隅《すみ》に座った。

「綾木さん、水割りでいい？」

ママ以外にもう一人いる女の子、裕美《ゆみ》がカウンターの中から尋ねる。

「そやな、薄めで」

「まだ仕事あんの？」

綾木の隣にママが座った。綾木は酒に強い。タダ酒ならロックで飲む綾木が、薄めを頼むのは仕事が控《ひか》えているから以外の理由はない。

「十一時に約束してんのや」

「まだ四時間もあるやないの。今も仕事の帰り？」

「ま、そんなとこ」

「間が開きすぎたんやねえ」

ママが気の毒そうな顔で相づちを打つ。

関空からまっすぐホテルに戻っていれば充分に休む時間があった。いつもならもっと上手《うま》く時間の配分ができている。最近、少しずつ綾木のペースが乱れてきていることに、綾木自身気づいていた。その原因も分かっていた。

「あ、いらっしゃい」

ママが明るい声を上げる。

店のドアが開いてサラリーマンの二人連れが入ってきた。馴染《なじ》みの客らしく、ママが腰を上げて、二人を出迎えている。

「なあ、裕美ちゃん」

綾木にしては珍《めずら》しく自分から裕美に話しかけた。裕美は綾木の客ではないし、ママがいるときはほとんどママが綾木につきっきりなせいもあって、ほとんど二人だけで話すことはなかった。

「裕美ちゃん、彼氏おんの？」

今まで一度も尋ねたことのない質問を口にする。裕美も驚《おどろ》いた顔で、

「綾木さんにそんなん聞かれたの初めて。急にどうしはったん？」

「今まではママのガードが堅《かた》かっただけやって」

綾木は冗談めかして答えた。今、そのママは後から来た二人の対応で綾木に構う余裕はないようだ。

「それは嘘《うそ》やと思うけど」

裕美は綾木の言葉をあっさりと受け流す。

「彼氏、いてますよ」

「どんな奴？」

「学生」

「へえ、年下やん。やるなあ」

どう若く見ても、裕美は二十代半ばにはなっているだろう。学生の彼を二十二歳としても三つ以上は年下になる。

「裕美ちゃんが男に惚《ほ》れるポイントって何？」

「ポイント？」

裕美は首を傾《かし》げて考える素振《そぶ》りを見せた。それから笑って、

「直感、かなあ」

「出会った瞬間ビビッと来たとか、そういう感じ？」

「ビビッとは来んかったけど、何となく、いいかなあって。別に綾木さんみたいに顔がよかったわけでも、お金を持ってるわけでもなかったんやけど」

初めて根津を見たとき、ただのヤクザじゃないと思った。でもそれは色恋沙汰《いろこいざた》に発展するような直感ではなく、闇金屋としてのキャリアから来る危険を知らせる直感だった。

「綾木さんも誰か気になる人がいてるとか？」

「逆。マジで俺に惚れてるみたいやねんけど、何がよかったんやろかと思て。あ、顔がええのは別にして」

最後に付け加えた言葉に、裕美が吹き出す。

冗談で惚れているのかと尋ねればそうだと頷《うなず》き、根津は当たり前のように綾木の急な呼び出しに飛んでくる。惚れているからだと真っ正直に言われれば、その気はなくても少しは心も揺らぐ。しかもその気があるなら尚更《なおさら》だ。ヤクザとつるんでいると思われるのは、闇金屋《やみきんや》にしてはクリーンなイメージが売りの綾木にはマイナスだった。それが分かっていても根津を呼んでしまう。今まで根津の力がなくてもやってこられた。根津の力がなくても何とでも切り抜けられる自信もある。それなのに根津を呼んでしまう。手っ取り早いという言い訳を根津は疑ってもいないが、綾木自身が信じていなかった。

「まんざらでもなさそうやけど？」

「惚れられるいうんはええ気分とちゃう？」

「相手にもよりますよ。好きでもない相手に惚れられても迷惑なだけ」

「裕美ちゃん、水商売の人間がそんなこと言うてたらあかんなあ」

「綾木さんはお客さんとちゃいますもん」

「確かに一遍《いっぺん》も金払たことないわ」

綾木の答えに裕美が笑う。

迷惑だと思ったことは一度もなかった。根津に惚れていると告げられたときに喜んだのも、今思えば、損得以外の感情もあったのかもしれない。ただそれを素直に受け入れられないのは、根津と付き合うことでマイナスが生じることが分かっているからだった。

「冷静な判断ができるうちはまだ大丈夫やいうことかな」

綾木は小さく呟《つぶや》いた。

「二人して何の話?」

ママが綾木の隣に腰掛ける。

「ママにライバルが現れたらしいですよ」

裕美が笑いながらそう言い残して、ママの代わりに二人組の客の席に向かった。

「ライバル? 聞き捨てならんわねえ」

「安心してええで。ママのほうがええ女やから」

「嬉しいこと言うてくれるわ。なんかおつまみ作るわね」

まさか男の根津とどちらがいい女かを比べられたとは思わないママが、いそいそとカウンターの中に戻った。

「ママってずっと独身やったっけ？」

綾木はママが独り身なのは知っていた。

「ううん、バツが一個」

「もったいないなあ。もうせえへんの？」

「章吾ちゃんがしてくれる？」

冗談で尋ねるママに、

「そやなあ、ママ、貯金いくらある？」

綾木は真面目な顔で尋ね返した。

「嫌やわ。怖いこと言わんといて」

ママが大げさに震えて見せる。

結婚など考えたこともなかった。それ以前に誰かと一緒に暮らすことでさえ想像できない。一人でいることが当たり前、そんな暮らしをもう十年以上続けているせいだろう。綾木が想像する未来の自分はずっと一人だった。最近、はっきり見えていたはずの一人の姿がだぶって二人に見えることがある。それが自分の願望を表しているのだと思いたくなくて、綾木はだぶって見える一回り大きな影《かげ》の顔を見ないようにしていた。

4

昼過ぎ、綾木はホテルを出て、地下鉄の駅に向かって歩きかけた。その背中にクラクションが鳴らされる。自分にだとは思わずに何気なく振り返った綾木は、車道の端《はし》に停めた車の窓から藤《ふじ》井《い》が顔を出しているのを見つけた。

「よお、どうした？」

綾木は車に近づき、藤井に声を掛ける。

「どっか行くんやったら送りますよ」

「そらラッキーやな。電車賃が浮いた」

綾木はガードレールを飛び越え、車道に降り助手席のドアを開けて車に乗り込む。

「どこ行きましょ？」

「せっかく電車賃が浮くんや、遠くにせんと損《そん》やな。千里《せんり》に行ってくれ」

「いいっすよ」

藤井は笑いながら車を走らせた。

「今日は根津のお守《も》りはええんか？」

「根津さんは組長んとこ行ってるんで、俺みたいな下《した》っ端《ぱ》は用なしです」

「そしたら、時間つぶしか？」

「まあ、そんなとこです。綾木さんがこのホテルにいてるやろ思て」

「それはお前が仕入れた情報か？」

綾木は一瞬にして険《けわ》しい顔になる。常に居場所は誰にも気付かれないようにしていた。最初に根津に見つけられたときも、その情報力には驚かされた。

「俺の情報量は、清洲組《きよすぐみ》で一番ですよ」

藤井がニッと笑う。

「なかなか優秀やないか。なんでお前みたいな奴が根津の舎弟《しゃてい》なんかやってんねん」

「言うたら趣味です」

「趣味？」

意外な答えに、綾木は興味をそそられる。

「俺、こう見えても結構世話焼きなんすよ。なんか生き方の下手《へた》な人見ると手を貸したくなるんすよね」

「根津か」

藤井は頷いて、

「あんだけ力のある人がそれを生かそうとせえへんでしょ。それが歯がゆくて、それやったら俺が何とかするかって」

「度を超した世話焼きやな。行く行くは独立して根津組でも作るつもりか？」

「根津さんの望んでないことまでするつもりはないんで、それはないかな思てたんですけど、この間まで」

「ほな、今は？」

綾木は先を促《うなが》す。

「綾木さんに会《お》うてから、なんか根津さん変わったんですよ。今やったら根津組も冗談とちゃうかな思てます」

『根津組』という言葉の響《ひび》きに、綾木はフッと笑う。

「それはおもろいな」

「でしょ？　それに根津組ができたら、綾木さんも便利になるんとちゃいます？　言うても清洲組の中におったらそれほど自由もききませんからね」

「そう思うんやったらとっとと根津組作ったらどうや」

「それはまあ時期を見て」

何か当てでもあるのか、藤井は無理だとは一言も言わなかった。

「楽しみにさせてもらおか」

「今日明日の話やないですよ？」

「そらそやろ。わかってる」

「ほな、当分は根津さんと付き合ってくれるつもりなんですね」

藤井の言う『付き合う』には裏はなさそうだが、思いがけず自分の本心に気づかされたことに綾木は驚く。根津との付き合いを終わらせることなど考えたこともなかった。

根津と知り合って二週間が過ぎた。体を重ねたのは最初の二回だけ、キスでさえあの車中でしたのが最後だった。根津が力に任せれば綾木の抵抗など簡単にねじ伏せられることは分かっている。始まってしまえば綾木がすぐにその気になることも経験から根津は知っているはずだった。それでも根津が手を出してこないのは、綾木に興味がなくなったのではなく、根津なりに何か思うところがあるのだろう。

「お前、やっぱり油断できん奴やな」

「綾木さんにそう言うてもうたら自信でてきますよ」

「ま、せいぜい、大将が他の奴に足下掬《すく》われんように気をつけるんやな」

「そこが一番やっかいなんですよね」

ちょうど信号待ちで停まった車のハンドルに、藤井が顎《あご》を乗せてため息をつく。

「既《すで》になんかあんのか？」

「上手に世渡りってのが出来へん人なんで、いろいろと風当たりが」

「その辺の要領悪そうやからな。よう若頭補佐になれたもんやで」

「そこは組長の一存で。なんちゅうても命の恩人やから」

「命の恩人？」

初耳だった。ヤクザ通の森山《もりやま》からもその話は聞かされていなかった。

「俺が舎弟になる前の話ですけど、刺《さ》されそうになった組長を自分の体を盾《たて》にして守ったらしいですよ。背中の、っていうより腰に近いあたりに結構大きいナイフの刺し傷があるんですけど、見たことないっすか？」

綾木は目を閉じて根津の体を思い浮かべる。惚れ惚れするほどの見事な体軀《たいく》はすぐに浮かんだが、後ろ姿の記憶はない。背中に手を回したりもしたが、傷跡があったかどうか気づく余裕はそのときの綾木にはなかった。

「それは知らんかったな」

「組内でも知ってる人間はあんましいないんですよ。根津さんは自分から喋《しゃべ》らへんし、それで取り立てられた根津さんをよう思ってない人らは、根津さんの株を上げたないんで喋らさへんようにしてるしで。特に若頭には目の敵《かたき》にされてるから、下の人間は余計なことは言えませんよ」

「やっかまれるいうんは認められてるいうことやから、しゃあない言うたらしゃあないことやねんけどな」

綾木にも経験のあることだった。綾木も闇金業を始めたころは、同業者からいろんな妨害《ぼうがい》を受けたものだった。それがあったから、今の綾木の図太さが生まれたのだとも言える。

「またそれで根津さんが相手にせえへんから、余計に向こうはカーッとなるんすよね」

「要領の悪い奴やからな。頭の悪い小物は、適当に持ち上げといたら満足しよんねん。兄貴兄貴言うて、ちょっとヨイショしたらええだけのことが」

「出来へんのですよ」

綾木の言葉を遮《さえぎ》り、藤井が後を続けた。

「ま、出来るようやったら根津さんらしないし、面白くもないんですけど」

「お前も勝手な奴やな」

さすがの綾木も呆《あき》れる。

「綾木さんに言われたかないっすよ」

藤井が声を上げて笑った。


根津が新地《しんち》に顔を出す割合は多い。とは言っても純粋に飲みにだけ行くことは滅多《めった》にない。新地の半分近くが清洲組のシマだということもあり、顔を出さざるを得ない状況にあった。シマ内で揉《も》め事があれば組に連絡が入る。梨田《なしだ》は面倒なことはしない。そういうときにまず使われるのは根津だった。

「すいません、根津さんにわざわざ来てもうて」

クラブのオーナーが根津に頭を下げる。

今日も根津は新地に来ていた。今、頭を下げているオーナーから店に見慣れないヤクザ風の男が来ていると事務所に連絡が入った。たまたま事務所にいた根津がすぐに腰を上げ、藤井を連れて出向いてきたのだが、見るからにチンピラでしかない男は、根津の姿を見るなりそそくさと店を出て行った。

「出てくるまでもなかったみたいやな」

「根津さんやから、あんなあっさりと出て行ったんですよ。ホンマに助かりました。よかったら一杯《いっぱい》飲んでってください」

「俺はこの店には似合わんやろ」

事務所の中にいてもフロアーの賑《にぎ》やかさが伝わってくる。若い店だった。客もホステスもみな二十代くらいだろう。根津も年齢だけなら客層と合うが、根津の外見や雰囲気《ふんいき》は年齢を上回っていた。

「次にこいつが来たときにでもサービスしてやってくれ」

「そんときは頼みます」

藤井が根津に合わせて笑って頭を下げて見せた。藤井ならこの店にいても全く違和感はない。

「いつでもお待ちしています」

藤井の笑顔に釣《つ》られたようにオーナーも笑って答える。

「そしたら、俺らはこれで帰らせてもらうぞ。また何かあったらいつでも事務所に電話してくれ」

「ありがとうございました」

オーナーに見送られて、根津と藤井は裏口から店を出た。

「これでまた根津さん指名が増えますね」

並んで歩きながら藤井が言った。

「なんや、それ」

「事務所にかかってくる電話、根津さんに来て欲しいいうの多いんですよ」

「知らんかったな」

「もともと根津さんは他の兄貴たちみたいに別に謝礼を要求せえへんから、ごっつおっかないんやけど、損得で言うたら根津さんに来てもらうほうが店側としたらええやないですか。でも最近はおっかなさよりも頼りがいのほうが目立ってんです」

藤井が得意げに胸を張って答える。

「なんでお前がそんな嬉《うれ》しそうやねん」

「何言うてるんですか。根津さんの評判が上がるんは舎弟の喜びやないですか」

冗談なのか本気なのか、藤井の笑顔からは根津には判断できなかった。

「お前はホンマ、よう口回るなあ」

「綾木さんには負けますよ」

「あいつに勝てる奴がおんのやったら見てみたいもんや」

強引な理屈で相手を煙《けむ》に巻《ま》き、笑顔で毒《どく》を吐《は》く綾木の顔が思い浮かんで、根津は口元を緩《ゆる》めた。

「もし勝てる人がおるとしたら、それは俺みたいなタイプやなくて、根津さんみたいなタイプの人やないかなあ」

「なんでや？」

「却《かえ》って真逆の人のほうがはずみで勝つことあるような気がするんですよね」

「そんなもんか？」

「なんとなくそう思ただけです」

二人が並んで歩く新地の町は、一日で一番賑やかな時間に差し掛かっていた。昼間が嘘のように人が溢《あふ》れ、不景気といえども華やかなネオンが町を照らしている。

「うわっ、目合《お》うてしもた」

隣を歩いていた藤井が急に声を上げた。

「なんや？」

「すいません。もう逃げられませんわ。向こうから若頭が歩いてきます」

三叉路《さんさろ》に差し掛かったときだった。藤井の視線は二人が向かう方角と反対側を向いていて、そこに梨田が舎弟三人を連れ歩いていた。藤井が目が合わなければそのまま気づかないで擦《す》れ違えた。

「挨拶《あいさつ》だけはしとかなあかんやろな」

根津は足を止め、梨田が近づいて来るのを待つ。梨田がにやついた笑みを浮かべて根津達の前で立ち止まった。

「お疲れ様です」

根津は梨田に向かって頭を下げ挨拶する。

「お前も飲みに来たんか？」

「いえ、今日は所用で」

「そらご苦労さんやったな」

心の籠《こ》もらない梨田の言葉に、それでも根津はもう一度頭を下げる。

「そや、ちょうどええ、これから飲みに行くんや。お前も付いてこい」

誘いではなく命令に、根津には断る術《すべ》はない。

梨田が根津を連れて行ったのは、以前に根津が一人で飲みに入り、梨田が通っていると聞かされた店だった。

席に案内されるとすぐにホステス達が近づいて来たが、梨田はそれを断った。

「後で呼ぶから、今はええ」

ホステス達が去り、酒だけが並べられた。

「お前、最近、綾木とつるんでるそうやないか」

梨田が根津を誘ったのはこの話がしたかったのかと、根津は納得した。

「つるんでるいうほどのことでもないですが」

根津は全く表情を変えずに答える。どこから話が漏《も》れたのかは分からないが、根津は自分が目立つことを知っている。綾木と出歩いた回数も片手を超えれば、根津を知り、綾木の顔も知っている者も出てきても不思議はない。

「まあ、それでもちょっとは綾木のことに詳しなったやろ？」

「どういう意味ですか？」

根津はわずかに眉《まゆ》を上げる。

「さすが個人で闇金やってるだけあって、綾木の資産は億単位やいう話や。それぐらいは知ってるんやろ？」

綾木が何千万という金を貸している現場に、ボディーガードとして立ち会ったことがある。すぐにその金をどこかから用意してきたことから、常に億以上の金を持っていることは間違いないだろう。だが根津は無表情のまま、

「綾木は金のことに関しては一切喋りません」

「ホンマか？」

梨田は露骨《ろこつ》に疑った様子を顔に出している。

「そんな簡単に人に話すような奴やったら、こんな長く一人で闇金をやってられへんのとちゃいますか」

「それやったらそれでええ。せっかく親しなったんや、綾木が金をどこに隠しているのか聞き出してこい」

「言うたはずです。綾木が金のことを喋るはずがないて。あいつは命より金のほうが大事や言い切る奴ですから」

「それがなんや。ワシはお前に聞き出してこいて命令しとんのや」

「できんことは聞けません」

根津は組に入って初めて上の命令に逆らった。梨田の目的が綾木の金を横取りすることなのは疑いようがない。あの綾木から金を奪うことは、綾木の命を奪うのと同様のことをしなければ果たせないだろう。綾木と梨田、どちらを選ぶか、比べるまでもないことだった。

「お前、ワシに逆らうつもりか？」

「今の話、親父が承知してるとは思えないんですが」

清洲を持ち出すと梨田が一瞬怯《ひる》んだ。まともに綾木の話を持ちかけて清洲が受け入れるはずがない。警察沙汰になることを避けたいのはどこも同じだ。例え綾木が裏の世界の人間だとしても、金を奪われてまで口を閉じているとは清洲も思わないだろう。

「親父には俺が話を通しとく」

「そしたら話を通した後で、親父から直接指示をもらいます」

根津はきっぱりと言い、席を立つ。

「ほな、俺はこれで。藤井、帰るぞ」

「はい」

テーブルの隅で様子を窺《うかが》っていた藤井がすぐに答える。

店を出て藤井が回してきた車に乗り込むまで、根津は口を開かなかった。

「根津さん」

我慢できずに先に口を開いたのは藤井だった。

「綾木さんに電話したほうがよくないっすか」

「さっきの話か。聞こえとったんやな」

「そらあの距離ですから」

藤井が言いづらそうに言った。

「綾木に何て言えて？」

「そやから気を付けるように」

「あいつは今でも充分に気を付けてる。事務所も持たんとホテルを転々としてな。むしろ気を付けなあかんのは俺のほうや」

根津の表情は険しかった。

あの場にいた誰もが、根津が梨田に逆らったことを知っている。このままで済むとは思えない。それに、綾木のこともある。梨田が素直に引き下がるとは到底思えなかった。

「根津さんが何を？」

「若頭は綾木を知らん。居場所はもちろん、連絡先も知らん。その若頭が綾木を見つけよう思たら？」

根津の問いかけに、カンのいい藤井はすぐにその意味に気づいた。

「綾木さんと関わりのある根津さんを追いかけたらええんや」

根津は頷く。

「そっちは俺が用心したらええだけのことやが」

根津は目を細め、さらに表情を険しくする。

「若頭の動きに気をつけといてくれ」

「分かりました」

藤井が神妙な顔で頷く。

「なんやったら俺の運転手もせんでええ」

「こういうとき、俺一人なんは不便ですね」

「不便やったら誰か探してきてもええぞ」

「でも、舎弟はいらへんて」

「俺はいらんが、お前のほうが忙しそうや」

「俺が舎弟持つんですか？」

藤井が驚いた声を出す。

「金の面倒は俺が見る。お前の手足になる奴がおったら、お前も楽やろ。気に入った奴がおったら連れてこい」

綾木と関わるようになってもっとも変わったのは藤井が忙しくなったことだった。他の幹部《かんぶ》と違い、根津は何でも自ら動いていた。だが、綾木からは根津の都合はお構いなしに呼び出しがあり、それに根津が応えるためには藤井にしわ寄せが行く。藤井はそれが当たり前なのだと文句を言うでもなく、むしろ嬉しそうに根津の代行を勤めているが、ずっと気にはしていた。

「ほな、心当たり当たってみます」

答える藤井の顔はどこか嬉しそうに見えた。

「やっぱりしんどかったんか？」

「は？」

「いや、舎弟が増えんのが嬉しそうやからな」

「舎弟が多いほうが何かあったときに便利やないですか」

「何かって何や？」

「それはまあ、いろいろと」

藤井が曖昧《あいまい》に言葉を濁《にご》す。

「あんまり余計なこと考えんなよ。人間は分《ぶ》に合わんことをしよう思たときに身を滅ぼすことになんねんぞ」

「分に合わんかったらでしょ？」

何を考えているのか、藤井は妙に神妙な顔で頷いた。

珍しく仕事が早く片づいた。綾木はホテルに最寄りの地下鉄の駅を出てから腕時計に目をやった。夜の八時、このままホテルで休むにしては時間が早すぎてもったいない気がする。かといって貸し付けに行くには手持ちが少ない。

「今日は充分儲けたし、たまには早よ休むとするか」

綾木は一人小声で呟いた。

最初から約束していた分とは別に、帰りに偶然会った常連から借金を申し込まれた。持ち合わせで間に合う額だったために、銀行には行かずに済んだ。

綾木は普段、カードも通帳も持ち歩いていない。持っているのは貸金庫の鍵《かぎ》だけだ。行員と顔馴染みになるために敢《あ》えて小さな地方銀行を選び、綾木本人でなければ開けられないように、わざわざ面倒な銀行員立ち会いが必要なタイプの貸金庫を申し込んだ。その貸金庫の中にカードの通帳を入れていた。これなら鞄《かばん》を奪われても寝床を襲われても、金を根こそぎ奪われることはない。デメリットは銀行の開いている時間にしか金を引き出せないことだが、休日に高額の借金を申し込む人間は滅多にいない。たった一人で闇金業をするなら、これくらいの用心深さは必要だった。

今日の綾木の寝床は、ホテル側の案内では駅から徒歩八分、実質は十分かかるビジネスホテルだった。綾木がそのホテルに入ろうとした瞬間、

「なんや、お前ら」

綾木は驚いて声を上げた。

見知らぬ男が二人、いきなり綾木の両腕を掴んだ。両腕を取られ動きを封じられた綾木は、首を左右に動かして男達を見比べた。どちらの男も見るからにヤクザものだった。

「黙って付いてきてもらおか」

男が低い声で言い、綾木の背中には固い物が当てられる。

根津と関わることになった一件以来、直接的にヤクザから恨みを買う覚えはなかった。ただ、闇金業者として間接的になら覚えはあるし、綾木の持つ金目当ての可能性も充分にある。

綾木は男に背中を押され、ホテルの前に横付けされていた車の後部座席に押し込まれる。車内でも両側を男に挟《はさ》まれ、逃げようがない。鞄は取り上げられ、携帯で助けを呼ぶことも出来ない。

「俺に何の用や？」

綾木の問いかけに答える者は誰もいない。無言のまま、車は綾木を運んでいく。窓の外の景色を見ればどこを走っているのかは分かる。車は土佐堀橋《とさぼりばし》を渡り、靫公園《うつぼこうえん》の横を通り過ぎる。この辺りもビジネス街だ。夜になれば人通りがなくなる。こんなところで車から降ろされれば助けを求めようがない。車はそんな逃げようのない場所で停まった。

綾木の右隣の男が先に車を降り、外から綾木の腕を引っ張る。

「降りろ」

綾木の左隣の男がそう言って、綾木の背中を押す。

「騒いだらどうなるか分かってるやろな」

「分かりたないけどな」

綾木はうんざりしながら車を降りた。

綾木が連れてこられたのは、雑居ビルの中の一室だった。看板も表札も上がっていないが、空き事務所というわけでもなさそうだ。狭いながらも事務机にパソコン、電話やファックスと一通りの設備は整っている。

「わざわざ来てもろうて悪かったな」

綾木を出迎えたのは四十代半ばくらいの男だった。事務椅子《じむいす》に座ったまま、偉《えら》そうにふんぞり返っている。

「悪かった思うんやったら拉致《らち》せんといてくれ」

「そらそうや」

男が意地悪そうに笑う。

「まあ、そこに座ってくれ」

綾木は両腕を摑まれたまま、床に膝《ひざ》をつかされた。男はニヤニヤ笑いながら綾木を見下ろしている。相手よりも上に立ちたい、相手を見下したいと思うのは、器《うつわ》の小さい人間のすることだと、綾木は心の中で男を評価した。

「これが噂の闇金屋の綾木か」

男の不躾《ぶしつけ》な視線が綾木に注《そそ》がれる。

「こんな可愛《かわい》い顔して、どうやってうちの根津を手なずけたんや？」

うちの根津、という言葉に、綾木は目の前にいる男を清洲組若頭の梨田だろうと判断する。根津よりも立場が上なのは、組長の清洲と若頭の梨田だけで、清洲はもっと年配だと聞いている。だとしたら梨田でしかない。しかも梨田は根津を快《こころよ》く思っていないことは、今日、藤井から聞かされたばかりだった。

「猛獣《もうじゅう》を扱《あつか》うにはちょっとしたコツがあんねや」

「コツなあ」

「誰にでもできるわけとちゃうで。ちょっとばっかしオツムは必要やから、足りん奴がやっても無理やろな」

毒だらけの言葉を綾木は笑顔で言った。

「それはワシのこと言うてんのか？」

梨田がドスをきかせて綾木を睨《にら》み付ける。

「驚いた。よう自分のこと分かってるやないか」

「そんなにワシを怒らせたいんか」

「先に怒らせたんはどっちや」

綾木は笑顔を消し、眉間《みけん》に皺《しわ》を寄せ梨田を睨む。不思議と綾木に恐怖はなかった。これだけ周りを取り囲まれているのに、梨田を怖いとは思わなかった。

「お前といい、根津といい、もうちょっと目上の人間への言葉使いを覚えたほうがええな」

「おっさん、敬語てどう書くか知っとんのか？　欠片《かけら》も敬《うやま》われへん奴に敬語なんか使えるわけないやろ」

「ペラペラとよう喋《しゃべ》る口やな。残念やが、お前に喋ってもらいたいのはそういうことやない」

梨田が綾木の側に立っていた男に、顎《あご》で合図した。

腹を蹴られた。綾木の口から呻《うめ》き声が漏《も》れる。

「ワシは根津みたいに甘ないで」

「その根津に聞いてないんか？」

綾木は蹴られた腹を押さえながら言った。

「どうせ俺の金が目当てでこんなトコに連れ込んだんやろ？　俺は商売にならんことに金は動かさへんて、根津には教えといたんやけどな」

「お前の主義なんぞ関係ない。嫌でも動かしてもらう」

背後に立っていた舎弟の一人に羽交《はが》い締《じ》めにされ、綾木は膝立《ひざだ》ちにさせられる。床に座ったままだと殴りにくいということなのだと、顔面をまともに殴られて分かった。羽交い締めにされていては手で塞《ふさ》ぐこともできない。ただ殴られ続けるしかなかった。一発一万円、誰に請求するかはともかく、綾木はそんなことを考えながら朦朧《もうろう》としていく意識を引き留める。十万円を超えたとき、綾木に加えられる衝撃が止《や》んだ。

「金はどこに隠してる？　鞄の中には二十万しか入っとらんが、まさか、これだけやなんて冗談は言わへんやろ？」

綾木の髪を掴んで舎弟の一人が顔を上げさせる。

「あんまり殴られすぎたんで忘れてしもたわ」

口の中は切れ、喋ることで痛みが広がる。

「まだまだ足りへんようやな」

十二万円、十三万円、金額がどんどん増えていく。痛みを感じる感覚《かんかく》が麻痺《まひ》し始めた。朦朧とする意識の中で、さすがの綾木も今回ばかりは命の危険を考える。最初の対応がまずかった。貸金庫に預けていることを言えば良かった。綾木がいなければ開かない金庫、警察沙汰は避《さ》けたいと言っても命には代えられない。人目のある場所にさえ行けば、何とか状況を変えられたはずだった。それが、根津の名前が出た瞬間、綾木は冷静さを無くした。綾木を拉致したのは根津を快く思っていない梨田、そんな男にたとえ芝居でも屈した振りはしたくなかった。

「えらい大人しいやないか。そろそろ言う気になったか？」

「慰謝料の請求先を考えてただけや」

こうなったのも全て根津のせい。綾木が請求先を根津に決めたとき、背中に回された綾木の右腕が嫌な音を立てた。

綾木の意識はそこで途切れた。


携帯の着信メロディが事務所の中に響いた。根津の知らない今流行《はや》りの曲らしいが、藤井の携帯だった。一言二言その場で小声で電話を受けていた藤井が、真剣な顔になり携帯で話しながら事務所を出て行く。藤井がこれだけ表情を険しくさせるのは珍しい。根津だけでなく、事務所にいた他の組員も何事かと藤井の消えたドアを見ていた。

根津は席を立ち、藤井の後を追う。事務所の外の廊下にはいなかった。ビルの非常扉《ひじょうとびら》の向こうから微《かす》かに声が聞こえる。根津は迷わずそのドアを開けた。

「そんだけ分かったら充分や」

根津に気づいた藤井が、電話の相手と話しながら小さく根津に頷いて見せる。

「おおきに。また何かあったら頼むわ」

電話を切った藤井は、

「根津さん、ちょっと」

根津の腕を引いて非常階段を下りていく。今の場所では他の組員に聞かれる可能性があるから

だろう。一階に着いてから、

「大変です。綾木さんが拉致されました」

「なんやて？」

物騒な言葉の響きに、根津は驚いて眉を上げる。

「今、綾木さんが泊まってたホテルのフロントから電話があって、見るからにヤクザって奴らに無理矢理車に押し込まれたて」

藤井の声も緊迫していた。

「どこの組のモンや？」

「それが」

藤井が言いよどむ。

「ええから言え」

根津は厳しい声で先を促した。

「たぶん、若頭やと思います。走り去った車のナンバーが若頭のものでした」

根津の脳裏に綾木の金のことを聞き出そうとした梨田が思い浮かんだ。

「綾木を連れていきそうな場所に心当たりはないか？」

根津に隠れてのことなら、組事務所に連れて来られるはずがない。女房のいる自宅でもないだろう。

「助けに行くんですか？」

「ああ、行く」

根津の答えに迷いはない。

「でも、相手は若頭ですよ」

「相手が誰だろうが関係ない。たとえ、それが組長でもや」

根津の厳しい口調に、藤井が気圧《けお》されたように頷いた。

「わかりました。一カ所だけ心当たりがあります。すぐに車回してきますから」

「場所だけ教えろ。お前は行かんでもええ」

「行きます」

珍しく藤井が根津に逆らった。

「綾木さんが若頭に見つかったんは、たぶん、俺のせいです」

「お前の？」

「俺が綾木さんの泊まってるホテル見つけて、それでホテルの前で綾木さんを車に乗せたから。たぶん、根津さんに話を持ちかける前から俺の後を尾《つ》けさせてたんやないかと思うんです」

根津が綾木と繋《つな》がっていると分かれば、綾木の居場所を探るには、根津か藤井の後を尾行すればいい。藤井はその尾行に気付かなかったことを悔《く》やんでいるのだろう。

「逃げる足は必要やと思いますよ」

藤井はそう言って車を取りに走った。

綾木が連れ去られたのはついさっきのことだ。綾木のことだから簡単に口を割ったりはしないだろう。梨田にしても金が手に入らなければ意味はないのだから、どんなに綾木の口が堅くてもすぐに最悪の事態になるようなことはない。

根津の前に停まった車に根津が飛び乗ると、すぐに藤井は車を走らせた。

藤井が心当たりがあると言ったのは、靭公園近くにある雑居ビルの一室だった。梨田が社長となりこれから開業する予定の金融会社の事務所だという。そのこともあり、資金を奪うことと目障《めざわ》りな商売相手を消すことを目的に梨田は綾木を狙ったのだろう。

「お前はここで待っとけ」

ビルの真下で車を降り、根津は藤井にそう言った。

「一人で大丈夫ですか？」

「一人のほうが動きやすい。お前がおったらかえって足手まといや」

「確かに」

腕に自信のない藤井はあっさりと引き下がった。

「いつでも出られるようにしときます」

「頼んだ」

根津は藤井に教えられた三階まで、エレベーターの音で警戒されることを避け階段を使って上がっていく。午後八時過ぎ、一般的な会社なら営業を終えた時間、ワンフロアー一室のこのビルの一階も二階も既に明かりが消えていた。三階に着くと、まだ表札の上がっていない事務所から明かりが漏れている。

根津は様子を窺うこともしないで、いきなりドアを開けた。一分一秒が惜しかった。

「根津さん」

ドアの開く音に振り返った梨田の舎弟の一人が声を上げた。梨田が椅子に座り、その前に舎弟が四人立っている。足下には見覚えのある小さな体がうずくまっていた。

「これは何の真似《まね》ですか」

「それはこっちの台詞《せりふ》や。何しに来た」

梨田が明らかに動揺を隠しながら言った。床の上の綾木は意識がないのか根津の声にも反応しない。

「綾木のことは俺に一任されてたはずです」

「その件はもう終わった。これは別口や」

「わかりました。そしたら俺も別口で、こいつを引き取らせて貰《もら》います」

「なんやて？　お前、自分が何言うてんのか分かっとんのか？」

逆らわれることに慣れていない梨田は激高《げっこう》した。

「こいつは今は俺のツレです。若頭の私利私欲のためにツレを犠牲《ぎせい》にするつもりはありません」

「俺に逆らういうんやな」

梨田の合図で根津の周りを梨田の舎弟、四人が取り囲む。

「お前ら、たった四人で俺に敵《かな》う思てんのか？」

無表情の根津に、却って舎弟たちは怯《ひる》んだようだった。

根津はすぐに動き出せないでいる目の前の男を殴り飛ばした。根津の体格で容赦《ようしゃ》なく殴られた男は部屋の隅に吹っ飛び、壁に背中をぶつけそのまま床に崩《くず》れ落ちる。根津はそれを確認もせず、次に左隣にいた男に右足で回し蹴りを入れる。この男も床に倒れ起き上がってはこない。二人倒すのに一分とかからなかった。残った二人も既に腰が引けている。根津は右前方の男の腕を掴み引き寄せ膝蹴りを入れた。そしてその男の体を左側の男に投げつけた。仲間の体を受け止めきれずに、二人は重なり合って床に倒れる。根津の前にはもう梨田しかいない。

「ほ、本気か」

梨田が焦《あせ》った顔で椅子から立ち上がった。

「ええ機会やないですか。若頭、前から俺のこと目障りや思てたんでしょう？　思う存分、かかってきてください」

根津は言葉だけは丁寧《ていねい》に、だがそれが逆に梨田を震え上がらせる。殴り合いなど、梨田はもう何年もしたことはない。ヤクザになるくらいなのだから、若い頃はそれなりに腕っ節に自信もあっただろうが、若頭と呼ばれもてはやされるようになってからは、何をするにも他人の手を使っていた。そんな梨田が根津と渡り合えるはずがない。

「おい、お前ら、いつまで寝とんのや」

梨田が床に伸びたままの舎弟達に呼びかける。

「お前ら」

今度は根津が呼びかけた。

「そこで気絶した振りしといたほうが身のためやぞ」

梨田と根津の言葉のどちらに応えるか。それは不自然なほどに身動きしない舎弟達の態度が全てを物語っている。梨田に味方する者はこの部屋にはいなかった。

「残念ながら味方はおらんみたいですね」

根津は冷たい笑みを浮かべて梨田に近づいていく。梨田は根津を本気で怒らせた。床に転がる綾木の顔は腫れ上がり、口元は血にまみれている。綾木が連れ去られたと聞いてから根津が駆けつけるまで三十分もかかっていない。そのわずかの間にここまで綾木を痛めつけたのは口を割らせるためだけとは思えない。弱い者をいたぶって喜ぶ梨田の汚さが見えた。

「調子に乗ってんとちゃうぞ」

梨田がスーツの襟元から中に手を入れ、黒い塊《かたまり》を取り出した。梨田は両手で拳銃《けんじゅう》を握り、銃口を根津に向ける。

「随分と不用心やないですか。若頭ともあろう人がチャカを携帯してるやなんて。職質でもかけられたらどないするんですか」

根津の態度に動揺は見られない。梨田が銃を握ったところを見るのは、無理矢理に連れて行かれたグアムの射撃場に続いて二度目だった。そのときの梨田はお世辞《せじ》にも様になっているとは言えず、的には擦りもしなかった。梨田は自分では手を汚さない。銃を持っていたのはお守りのつもりか、それともただのファッションか、どちらにしても銃を手に入れたときには、自分で引き金を引くことは想定していなかったに違いない。その証拠に、今も根津を狙っているはずの梨田の持つ銃口は震えていた。

「撃ち方、覚えてるんですか？」

根津はそう言いながら、梨田に近づいていく。

「下がれ」

狼狽《うろた》えた梨田の叫《さけ》びを無視して、根津はさらに足を一歩踏み出した。

「若頭、その位置やと心臓やのうて肝臓《かんぞう》の辺りを狙《ねろ》てることになりますよ。心臓がどこにあるか分かってますか？」

根津は全く感情の籠もらない冷たい声で言った。

梨田の伸ばした手、銃の先は、根津のすぐ前にある。根津はスッと左手を上げて銃口に素早く人差し指を差し入れた。流れるような動きだった。

「お前」

梨田が引きつった声を上げる。

「どうしますか？　これで引き金引いたら、俺の指も飛ぶやろうけど、若頭の腕も吹っ飛びますよ」

「あ、アホか。冗談や」

銃から手を離した梨田は後ずさったが椅子のシートに膝の裏を突かれ、そのまま椅子に座り込んだ。

根津は手に残された拳銃をスーツの内ポケットに入れ、遠ざかった分の梨田との距離を詰めた。

梨田の真正面に立った根津はもう何も言わなかった。無言のまま拳《こぶし》を梨田の顔面に振り下ろす。鈍い音とともに横に倒れそうになる梨田の体を、根津は襟《えり》を摑んで引き戻した。他の舎弟達のように一発で終わらせるつもりなどなかった。今度は腹に一発拳を入れる。梨田の口から奇声が漏れ、続けて胃の中の物がぶちまけられた。根津は足下に散った汚物を冷たい目で一瞥《いちべつ》した。そして、梨田の後ろ襟を摑んで椅子から引きずり降ろすと、その汚物の中に梨田の顔を押しつける。

自分の吐き出したものの臭いで、梨田はまた吐いた。

「勘弁《かんべん》してくれ」

汚物まみれで若頭の威厳《いげん》など全て失った梨田が哀願《あいがん》する。だが、根津は容赦なく蹴り上げた。

ただのサンドバッグになった男を、根津は何度も蹴り続けた。

「やめとけ、殺す気か」

根津の背中に綾木の声がかかり、根津は足を止め振り返る。顔中が腫れているため、目を開けたのかどうか分からないが、綾木の顔は確かに根津に向けられている。

「気ぃ付いたか」

「あまりにも凄《すさ》まじい殺気やったんでな。黙っとったら殺人現場に居合わせることになる思た」

「そやな。声かけられへんかったらそうなっとったかもしれん」

根津は素直に認め、足下の梨田を汚い物を見る目で見下ろす。気を失ったのか全く動かないが、口からは不規則な呼吸音が漏れている。そんな梨田を見ても全く心が痛むことはない。梨田にかける情はどこを探しても、欠片すら根津には見つけられなかった。

根津はこの部屋に来た目的が綾木の救出だったことを思い出した。

「綾木、立てるか？」

根津が差し出した右手を、綾木は首を横に振って断る。

「左手貸してくれ。右は折れてるみたいで力が入らん」

痣《あざ》だらけの顔を綾木は歪《ゆが》める。その仕草《しぐさ》に心が痛む。根津は手を貸すことを止め、床に膝をついた。

「その前に」

苦しげに顔を歪めたまま、綾木は抱きかかえようとした根津の手を遮る。

「胸ポケットのモン、ここに置いてけ」

この状況でそんなところに気が付く綾木に、根津は驚く。

「そんな前から気ィ付いとったんか」

根津は胸ポケットに手を入れ、拳銃を取り出す。

「指紋《しもん》、拭《ふ》き取っとけよ」

「なんでや？」

「懲《こ》りへんおっさんが、下手な細工をせんとも限らんやろ」

指紋の残った拳銃、もしそれが、発砲事件の現場に残されていれば、根津にも疑いがかかる。綾木はそれを心配しているのだろう。

「わかった」

根津は部屋の中を見回し、事務机の上にあったタオルを見つけた。そのタオルを手に取り、タオル越しに拳銃を摑んでしつこい汚れを落とすかのように力強く拭き取っていく。そして綺麗《きれい》に黒光りする拳銃を事務机に置いた。

「もうええやろ？」

振り返り床の上の綾木に問いかける。

「充分や」

綾木が掠《かす》れた声で答えた。声を出すのが辛《つら》いのだろう。根津は一秒でも早く綾木を医者に見せるために、綾木を抱き上げた。綾木の小さな体は、全く根津に重みを感じさせない。根津は軽々と綾木を抱いたまま、事務所を後にする。

「根津さん」

ビルの外では藤井が車の後部座席のドアを開けて根津を迎える。根津は綾木をシートの上に寝かせ、自分は助手席に回り込む。

「京橋に舘川医院《たてかわいいん》いう病院がある。そこに行ってくれ」

すぐに指示を出したのは後部座席の綾木だった。藤井は頷いて車を走らせる。

「割引でも利くんか？」

「利いたらええねんけどな、利くのは無理だけや」

腕を折られて痛くないはずはない。それでも綾木の軽口は消えない。

「ずいぶんと無茶な真似しよったなあ」

綾木が呆れたように言った。

「お前、もうちょっと後先考えて行動しろや」

「考えてる暇はなかった」

「そらまあ、そうかもしれへんけど。そしたら、俺のせいっちゅうことになるやないか」

「俺が勝手にしたことや」

「俺はな、人に貸すのが商売で、人に借りんのは大嫌いなんや。しゃあない。考えなしのお前に入れ知恵したろ」

綾木の言葉の意味が分からず、根津は助手席から身を乗り出し振り返る。

「梨田が組長の女に手を出しとんの、知ってるか？」

「いや、初耳や。どの女や？」

清洲はとにかく女好きで、手を付けた女は数知れない。梨田もそれには負けていないと聞いたことはあるが、どんな女と付き合っているかまでは知らなかった。ただ、この間、梨田が気に入っているというホステスを見たときに見覚えがあると思ったのは、清洲の愛人の一人に似ていたからだと分かった。どうやら二人は好みのタイプが似ているらしい。

「新地のホステス。一番入れ込んどる女や」

言われて根津も思い当たる。その女のいる店に連れて行かれたことがあり、その後、清洲はその女と一緒に帰っていた。

「さらにおもろい事実。その女の腹に、今四ヶ月の子供がおってな、組長、子供おらんやろ？」

「ああ。姐《あね》さんももう年で諦めてる言うてた」

「そやから、その子供を認知して引き取ろういう話が出てんねや」

「お前、何でそんなに詳しいんや」

藤井に負けない綾木の情報量に根津は驚く。

「ええから、まあ聞け。そやけどな、その子供、実は梨田の子なんや。女の妊娠した後に組長が種なしやて分かった。その事実を知った梨田が医者に口止めしたらしいわ」

「確かな話か？」

「ネタ元は言われへんけどな。ただの噂を聞きかじったわけやない。俺に借金してる奴は多い。そんな奴らは俺に引け目があるから、俺が聞けば何でも教えてくれる。他人のネタやったら自分の弱みとちゃうからな、そら口も軽なるやろ」

「それで俺にどうせえて？」

「今から組長に電話してこう言え。俺が今の話を根津に教えようとしたから梨田に拉致された。お前はそれを知って救出しようとした。こんだけで充分やろ。自分の子供ちゃういう事実で、お前が俺を逃がしたことなんかどうでもようなるはずや」

綾木の出した方法以外に根津には選択肢はない。根津は言われるまま清洲の携帯に電話を掛けた。

「お前、何やっとんのや」

すぐに電話に出た清洲の声には咎《とが》めるようは響きはなかった。

「もう連絡が入りましたか」

「梨田が必死になってお前らを探してる」

清洲はまだ根津を責めようとはしていない。清洲の根津への信頼はそれほど薄くはなかったということなのだろう。

「実は……」

根津は綾木に教えられた筋書きを清洲に伝える。根津の話を聞いた後も、しばらく清洲の声は聞こえてこなかった。

「わかった」

清洲がようやく答えを出した。

「お前の件は明日まで保留や。どこぞに隠れとけ。ワシは明日、病院に行ってくる」

清洲に種がないという事実は調べればすぐに分かる。そして、それが事実だと分かれば、清洲は梨田を許しはしないだろう。

電話を切ってから、根津は後部座席の綾木に状況を伝える。

「お前の言う通りにしたら何とかなりそうや」

けれど、綾木の応えはない。根津は首を回して後部座席を覗き込んだ。ダメージを受けた体で喋りすぎたのか、腕の痛みがぶり返したのか、綾木はまた意識を飛ばしていた。

綾木が目を覚ましたときには太陽の眩《まぶ》しい光が全身に降り注いでいた。

綾木はベッドの上にいた。病室のベッドのようだった。右腕にはギプスが施され、左腕には点滴の管が見える。

「よお、気づいたか？」

舘川が病室のドアを開けて顔を出した。

「いろいろやってもうたみたいやな」

綾木は横になったまま答える。

「ホンマに驚いたで。いきなりヤクザもんが来て、ずたぼろのお前を何とかせえ言うんやからな」

舘川がそのときの状況を綾木に説明する。綾木にそのあたりの記憶はなかった。

「たんまり礼はもろたんやろ？」

「なんや、お前が渡しとったんか」

「んなわけないやろ。責任のある奴が払うんは当然のことやからな」

「お前をそんなにしたのはあの男とちゃうんやろ？」

「同業者」

綾木の短い答えに、舘川が納得したように頷く。

「ほな、あれは診断書の相手か？」

「鋭いな」

「なかなかええ男やないか」

「見た目が？　中身が？」

「ワシは男の外見には興味ない。ヤクザもんのくせにまっすぐワシを見よった。今時珍しい骨がありそうな男や」

舘川の的確な評価に、綾木はフッと笑ってしまう。

「なんや嬉しそうな顔して。自分の男が褒められたら嬉しいか」

「誰が俺の男やねんな」

「違うんか？」

「微妙」

綾木は言葉の通りに微妙な顔をして見せたが、腫れた顔ではそれが舘川に伝わったかどうかは怪しい。

「何が？」

「アレを俺の男にしたときのメリットとデメリットを考えてんねや」

「デメリットのほうが多いんか？」

「微妙や言うてるやろ。ヤクザもんと付き合うてることでマイナスイメージが付くいうデメリットと、今までになかった力が手に入るいうメリット、秤《はかり》に掛けたら似たようなもんやねんな」

「そしたら付き合うたらええやないか。メリット、他にもあるやろ？」

舘川がニヤッと笑って、

「セックスがめちゃくちゃええ言うてたんと違うか？」

「ああ、それな。ええのはええねんけど、良すぎて次の日、使いもんにならん。仕事に差し障りが出たらマイナスやろ」

綾木は照れることなく平然と答えた。

「お前っちゅう奴は、そこまで損得計算するか」

舘川が呆れたように言った。

「あと一押し、でっかいプラスがあったらなあ」

二人の会話を遮るようにドアがノックされた。

「どうぞ」

舘川が綾木に代わって答える。

「下に誰もおらん思たら、先生もこっちやったんか」

ドアを開けて姿を見せたのは根津だった。

「ひどい顔やな」

綾木の腫れ上がった顔に根津が顔を歪める。

「お前と知り合うてからこんなんばっかりや」

「悪かった」

根津が素直に頭を下げる。

「ほな、ワシは下におるから」

舘川が気を利かせて部屋を出て行った。

「荷物、取ってきたぞ」

根津の手には綾木がホテルに置いていた旅行鞄があった。ホテル側にどう説明したのか、根津は綾木に代わり部屋を引き払ってきたようだ。

「その辺に適当に置いといてくれ」

元々入院設備のない病院で、無理矢理作った病室にはベッドとパイプ椅子しかない。根津は窓の下に鞄を置いた。

「それでどうなった？」

綾木は自分が気を失ってからのことを根津に尋ねた。

「まだや。親父は病院には行ったみたいやが、そんなすぐには結果は出えへん」

「ほな、お前はまだ行方不明中か？」

「そうなるな。梨田は話ができる状態やないが、梨田の舎弟達が口を割った。親父の決裁が出るまでは俺は反逆者やな」

根津はまるで他人事《ひとごと》のように淡々と話す。

「その割には落ち着いとるやないか」

「今更《いまさら》じたばたしても始まらん」

「それで暇やから荷物を取りに行くのも、藤井に行かさんと自分で行ってきたっちゅうわけか」

「あいつはなんや忙しそうに動き回っとる」

組に対する反逆者になるかもしれない根津の唯一《ゆいいつ》の舎弟である藤井、根津が無罪放免《むざいほうめん》にならなければ藤井にも累《るい》が及《およ》ばないとはいえない。その藤井は根津のようにおとなしく組長の決裁を待つつもりはないということなのだろう。綾木は、以前に車で送ってもらったときに妙に自信ありげだった藤井を思い出す。

「世の中ようできたもんやな」

「何の話や」

「お前みたいに先のこと考えんボケッとした奴には、藤井みたいに目端《めはし》が利くのが側についとる。ようできてるやないか」

「それやったらお前もやな」

綾木は何のことだと眉を寄せることで問い返す。

「俺みたいに自分のことは何も考えられん男の側には、お前のように考えることを教えてくれる奴がおってくれる」

根津の真摯《しんし》な言葉は口説《くど》き文句にしか聞こえなかった。

「病院で口説くんは卑怯《ひきょう》な方法やぞ」

「なんでや」

「入院で体も弱って心まで弱なっとるときにや、そこにつけ込むような」

「お前がそんなタマか」

根津が綾木の言葉を遮って笑った。

根津の胸ポケットで携帯が鳴り出した。

「おっ、結果が出たんとちゃうか？」

根津は携帯を取り出して着信表示を見た。

「そうみたいやな」

電話の相手はやはり清洲だったようだ。根津が携帯を耳に当てる。

「はい……すぐに伺います」

短すぎる電話、根津はたったそれだけで電話を切り立ち上がった。

「まだ分からんのか？」

真剣な顔の根津に綾木は尋ねる。

「電話ではな」

「ノコノコ出て行って、いきなりブスッなんてことはないんやろな？」

「そうならんように祈っといてくれ。俺が祈るよりもお前のほうが効果ありそうや」

「祈るだけはタダやからなんぼでもしといたる。けど」

綾木はじっと根津の顔を見つめた。

「お前、もしかしてこれが最後かもしれんと思てるんとちゃうか？　たかが荷物を届けるくらいのこと、誰にでも頼めたはずやのに、お前がわざわざ持ってきたんは、最後の見納めのつもりやったんか？」

決裁を待つ身にしては、根津は妙に落ち着き過ぎていた。潔《いさぎよ》すぎるその態度は、覚悟を決めているからだと思えば納得も出来る。

根津は反論もせずにただ黙っている。

「アホか。腹くくる前に他の逃げ道くらい考えとけ」

「性に合わん」

根津がぶっきらぼうに答える。

「合う合わんの問題とちゃうわ、ボケ」

綾木は本気で腹が立ち、大声で怒鳴《どな》った。まだ完全ではない体はその衝撃に耐えきれない。綾木は噎《む》せ返り痛みに顔を歪める。

「綾木、どうした」

綾木の大声で舘川が病室に駆け込んでくる。

「すまんな、先生。興奮させてしもた」

根津が綾木の代わりに答える。

「俺は用があってもう行かなあかん。後のことはよろしく頼んだ」

舘川にそう言って、入れ違いに根津が病室を出て行く。

「根津、このアホ、待て」

綾木は怒鳴り、また噎せ返る。顔を上げたときには、根津の背中はとっくにドアの向こうに消えていた。噎せ返り涙《なみだ》で霞《かす》んだ目は、最後になるかもしれない根津の後ろ姿を見送ることができなかった。

5

「俺や」

一週間ぶりに聞く綾木の声が携帯から聞こえてきた。

最後に病院で綾木に会ってから今日まで、根津を取り巻く環境が急激に変わり、病院に顔を出す時間が作れなかった。

「退院が決まったぞ」

「いつや?」

「今日」

「なんでもっと早《はよ》う言わへんのや」

「気になっとんのやったら、お前のほうから聞きに来い」

「入院しとっても口の減らんのは相変わらずか。わかった。今から迎えに行く」

根津は電話を切ると席を立ち、

「藤井、車の鍵を寄こせ」

事務所の奥の席に座っていた藤井を呼んだ。藤井が車の鍵をポケットから出しながら根津に近づいてくる。

「運転やったら俺が」

そう言いかけて、藤井は言葉を変えた。

「俺の運転はいらないっすね。ほな、お願いします」

根津が自ら運転するのは綾木絡みのときだけ、それに気づいた藤井が笑って根津に鍵を差し出す。

「俺は今日はもう戻らん。後のことは」

「わかってます。それより、俺のこと、よう謝っといてください」

藤井はまだ自分のミスで綾木に怪我《けが》を負わせたことを気にしていた。

「それは言わんほうがお前のためやと思うぞ。高額の慰謝料《いしゃりょう》を請求されかねへんからな」

「けど」

「誰が悪いかなんて言い出したらキリがない。幸い、綾木ももう退院できることになったことやしな」

藤井を安心させるためにそうは言っても、結局、高額の慰謝料は根津に請求されるのだろう。

根津は事務所を出ると、すぐ近くの駐車場から車を出し、京橋に向かう。舘川医院への道はもう覚えていた。事務所からは二十分足らずで着いた。

根津は一週間ぶりに舘川医院を訪れた。一階に待合室と受付、それに処置室があるが、看護師も事務員もいない。給料が払えないからだと最初にここに来たときに舘川に教えられた。その舘川は待合室でソファーに寝転がりテレビを見ている。診療時間内だったが患者はだれもいなかった。

「先生」

根津は舘川の背中に声をかけた。

「あんたか」

舘川が体を起こし立ち上がる。

「今日、退院やそうで」

「ああ、ここにおっても看護師の手厚い看護が受けられるわけやなし言うてな。自分で退院決めよった」

舘川の口調は呆れていた。

「大丈夫なんか？」

「ギブスが取れへんだけや。ギブス取んのに三週間はかかる。不自由はあるやろが、それはここにおっても同じことやからな」

「そうか」

根津は上着の胸ポケットから、厚みのある封筒を取り出した。

「気持ちだけやがあれが世話になった礼や」

「最初んときに充分もろたのに」

「あれは治療費でこれは謝礼」

謝礼の言葉の裏には口止め料も入っている。舘川は綾木の怪我を警察に届けないでいてくれた。もちろん、綾木はそれを見越して舘川医院に行けと言ったのだろう。

「ほな、遠慮なく」

舘川が封筒を白衣のポケットに突っ込んだ。

「そやけど、あんたも物好きやな。綾木と付き合うんも大変やろ、金がかかって」

「金ぐらいでどうにかなるんやったら安いもんやけどな」

思わず根津の口から本音が零《こぼ》れる。

「金なしでもどうにかなったんとちゃうんか？」

舘川の含みのある言葉に、根津はすぐに思い出す。

「あんときの診断書、先生が書いたんか」

舘川が頷いた。

「それやったら力ずくやったことは知っとるはずやけどな」

「綾木からはそうは聞いてへんぞ」

「綾木はなんて？」

「ややこしいて言うとったな」

「ややこしい？」

意外な答えだった。根津はわずかに首を傾げる。

「何でも損得ですっぱり割り切る男がや、ややこしい言うてはっきりした答えを出さへんのはなんでやと思う？」

「何が言いたい？」

「アレもあんさんに惚れとるわ。少なくともあんさんよりは付き合いが長い分、綾木のことは知っとるつもりや」

「あいつとはいつから？」

「かれこれ七、八年にはなるやろ」

昔を思い出すかのように舘川が遠い目をする。

「ほな、綾木の客の中ではかなり古いほうやな」

「あいつの恐ろしいとこは出会うたときから全く年を取ってへんとこや。計算では三十は軽く越えててもおかしないはずなんやけどな」

「俺より年上？」

根津は珍しく驚いた顔を見せた。

綾木の外見はどう見ても根津より年下に見えた。ただ、綾木の闇金屋としての経験を考えると、少なくとも同じ年になっていなければおかしいとは思っていた。けれど、まさか年上でしかもそれが一つや二つの年の差ではない。

「化けモンやな」

根津が思わず口にした言葉に、舘川が吹き出す。

「ワシもそう思うわ。昔の写真でもあったらもっとはっきりすんねんけどな。ホンマ、びっくりするぐらい変わらへん。一遍《いっぺん》、医者の好奇心で聞いてみたことあんのやけどな」

「なんで老《ふ》けへんのかって？」

舘川は頷いて、

「好きなことだけやっとったら、人間、年は取らへんもんや、言うてな」

「あいつらしい答えや」

綾木が年上であれ、根津の綾木への想いが変わることはない。むしろ、そう答えられる綾木にさらに想いが募《つの》る。

「好きなことしかせえへん男が、あんさんと何遍も会うとんのや。そらもう答えは出とんのとちゃうか？」

「先生、えらい親切やな」

「そら、貰《もろ》た分に見合ったことはしとかんとな」

舘川は根津に貰った封筒をしまった胸ポケットを叩く。

「おかげで当分は綾木の世話にならんで済みそうや」

「それは綾木には内緒にしといてくれ。客を減らしたいうて文句を言われる」

「確かにな。そしたら口にチャックしとかんと」

舘川の年齢を感じさせる冗談に根津は苦笑する。

「あいつを怒らせたら大変やで。この前もあんさんが帰った後、えらい騒ぎやったんやから」

「この前て、ああ、あれか」

自分の今後がどうなるか分からなかったあのとき、綾木にとっては思わせぶりな態度で根津は病室を立ち去った。綾木の怒声は聞こえていたが、名残《なごり》を残したくなくて、あのときは振り返ることもしなかった。

「あいつが仕事抜きで怒ったのなんざ、初めて見せてもうたわ」

「そうやった、怒らせとったんや」

根津を呼び出した電話の綾木には、怒っているような素振りは感じられなかったが、綾木のことだから忘れているはずはない。

「なんや、急に恐ろしなってきたな」

「早よ、顔を見せに行ったほうがええんとちゃうか」

「そうさせてもらおう」

根津は二階への階段を上がった。

根津が病室のドアを開けると、既に着替えを終えベッドの縁《ふち》に座っていた綾木が振り返る。

「よお」

綾木がギブスのしていない左手を上げる。肩から吊《つ》られた三角巾《さんかくきん》の白さが眩しかった。それ以外、見えるところに痣や腫れは残っていない。

「元気そうやないか」

「病人と違て怪我人やからな」

綾木はそう言って立ち上がる。

「迎えも来たことやし、帰るとするか」

「どこへ行く気や？」

「そやな、今日はどこのホテルにするかな」

「まだ決めてへんのやったら、ギブスが取れるまで俺のマンションに来い」

「なんや、囲《かこ》う気か？」

冗談めかして綾木が問いかける。

「アホ言え。俺にも責任はある。三週間はギブスが取れんそうやないか、片手やったら何すんのも不便やろ」

「お前が俺の世話をすんのか？」

「そうや」

綾木がほんの少し考える素振りを見せた。だが、すぐに、

「ええやろ。ホテル代も浮くことやし、世話になったろか」

「そうしてくれ」

根津は綾木の荷物を持って、先に歩き病室のドアを開けた。


根津の部屋は七階建ての五階にある、１ＬＤＫのマンションだった。

「なんや、しょぼい部屋に住んどんな。来い言うくらいやからもっと豪勢《ごうせい》なんを想像しとったのに」

「ただ寝に帰るだけの部屋や。これで充分やろ」

リビングと奥の部屋を仕切る引き戸は開いていた。綾木は奥の部屋に進み、その中央にあるベッドに腰掛けた。根津の体の大きさに合わせたのだろう。ダブルよりもさらに上、キングサイズのベッドだった。

根津がリビングから綾木を見ている。その視線に気づき、綾木が顔を向けると根津がスッと視線を逸《そ》らせた。感情を押し殺そうとしているのは明らかだった。

「根津」

「なんや」

「風呂に入りたい。入院中、一遍も入ってへんのや」

「わかった。すぐに用意する」

根津がホッとしたような表情で答え、バスルームに消えて行く。

怪我人への遠慮《えんりょ》なのか、怪我をさせたことへの負い目なのか、綾木に触れないように堪《こら》えている根津の姿は、逆に綾木を煽《あお》った。根津と体を重ねたのはわずかに二回だけ、そしてそのどちらも根津のスイッチは簡単に切り替わった。今、根津はかなりの忍耐力《にんたいりょく》で、自分を抑えている。根津には一週間前の恨《うら》みがある。思わせぶりに妙な心配をさせた男は、次の日、電話で丸く収まったとあっさりと告げた。そのときの恨みをここで晴らそうと、綾木は根津の忍耐力を試《ため》すことにした。

根津のいない間に、綾木はシャツを脱ぎ始める。片手で器用にボタンを外し、ギブスのない方の腕をシャツの袖《そで》から抜く。

「お前、何やって」

バスルームから出てきた根津が、上半身を露《あらわ》にした綾木の姿に言葉を呑《の》む。

「おい、手伝え。片手やとやりにくい」

「まだ湯も張れてへんぞ」

「準備やないか。ギブスが濡れへんようにビニールで覆《おお》ったりせんとあかんやろ」

「あ、ああ、そうやな。ゴミ袋でもかまへんか？」

「なんでもええ。後ガムテも」

綾木の指示通り、キッチンに向かった根津が、黒のゴミ袋とガムテープを手に戻ってくる。

「腕に被《かぶ》せたらええんか？」

「アホか。先にシャツを脱いでからや」

「分かってる」

根津の手が綾木のシャツに掛かる。ギブスの上からでも羽織《はお》れるようにと、綾木のサイズより大きいサイズのシャツを舘川に借りていた。おかげで脱がせられるのに手間取ることはなかった。

「ちょっと太ったやろ？」

綾木は目を逸らす根津に、わざと視線を戻させるように問いかける。

「もともと入院設備なんて何もない病院やからな。出てきた食事、三食ともコンビニ弁当かホカ弁やで。入院患者に唐揚《からあ》げ弁当てどないやねん。動かんとそんなもんばっかし食うてたら太ってしゃあないわ」

「太ったようには見えへん」

根津はそう言ってすぐに視線を逸らした。

綾木はビニール袋の中にギブスの腕を突っ込み、視線を逸らせた根津の顔の前にガムテープを突きだした。

「腕、巻いてくれ」

「ああ」

根津がギブスの付け根のあたりで袋をまとめガムテープで縛《しば》る。見事なほどに根津は視線を腕だけに集中させ、綾木の誘惑を交わす。

「まあ、ええか」

とりあえず先に風呂にも入りたい。根津をその気にさせるのはその後でもいいかと綾木は自分に言い聞かせた。

「これでええんか?」

綾木の独り言を根津は腕の縛り具合だと思ったようだ。

「充分。もう風呂もええやろ」

綾木はさっさとバスルームに向かった。根津が自分の体に合わせたのか、1LDKのマンションの風呂にしてはバスタブは大きかった。しかもユニットバスでもない。ホテル暮らしが長いせいでユニットバスではない風呂に入るのは久しぶりだった。

綾木は片手で器用にジーンズと下着を脱ぎ捨てる。そして、ビニール袋で覆った右手をバスタブの縁に乗せ、湯の中に身を沈めた。少し熱めのお湯が気持ちいい。顎まで湯につかり、それからゆっくりと顔を反《そ》らせて頭も湯の中に沈める。髪を洗うならこのほうが手っ取り早い。

右腕だけを残し、全身を湯の中に沈めて、綾木は根津のことを考えた。根津の忍耐力は綾木の予想を超えていた。とても初対面の男を押し倒したとは思えない。

湯舟から出て洗い場で髪と全身を洗っている間も、どうやって根津をその気にさせるかだけを考えていた。妙に神妙な根津の態度が、聖職者を悪の道に引きずり込むかのような錯覚を綾木に覚えさせる。

風呂から上がると、そこまで余裕はなかったのだろう、脱衣所に綾木の着替えはなかった。綾木は片手でバスタオルを掴み、荒《あら》っぽく全身を拭ってから、巻き付けてあったガムテープとビニール袋を引き剝《は》がした。それから脱衣所の棚を物色する。タオルや石鹸《せっけん》の中に、どう見ても根津には小さすぎるバスローブがあった。昔の女が残していったものかもしれない。綾木はそれを借りることにした。片手ではバスローブの紐《ひも》をきちんと結ぶのは難しい。綾木はそれを軽く交差させただけで、バスルームを出た。

「これ、借りたぞ。サイズがぴったりいうんがちょっと腹立つけどな」

男にしては小さい綾木には、女性用のサイズでも充分体に合う。袖はちょうど手首を覆う長さで、裾《すそ》は元々がハーフ丈だったのか膝頭が覗いている。

ソファーに座っていた根津は、不自然に視線を逸らせ、気を紛《まぎ》らわせるかのように話を変える。

「若頭のことやけどな、組を追放になった」

「俺の言うた通りになったやろ」

綾木は根津の向かいに座りながら答えた。

「ああ。あの人はもう関西では生きていかれへんやろな。親父の出した通達が関西中の組に出回っとる。引き受けてくれる組なんかあらへん」

「俺に余計なちょっかいなんか掛けてくるからや」

もう会うこともない梨田の顔を思い出そうとして、綾木は記憶に残っていないことに気がついた。

「目先の金に目が眩《くら》んで、全てを無くした。ただのアホや」

根津は吐き捨てるように言った。

「大抵の人間は目の前に大金がちらつけばアホにもなる。それが一億二億言われたら尚更や。お前かってそうと違うんか？」

綾木は根津に尋ねた。

「そんな大金、渡されたところで扱《あつか》いに困るだけや。使い方も知らんしな」

「まあな、今の金利じゃ、利子なんかほとんど付かへんしな」

「そういう意味やない」

根津は苦笑して、

「そうやな、もしそんな大金が手に入ることがあったら」

「あったら？」

「お前に全部やる。そのほうが金も喜ぶやろ」

「気の利いたことを言えるようになったやないか」

綾木は満面の笑みを浮かべ、立ち上がる。そして、向かいのソファーに座る根津に近づいていく。

「綾木？」

根津の目の前に立ち見下ろす綾木を、根津がいぶかしそうに見上げる。

「俺にとったらお前は最高の金蔓《かねづる》ってわけや。手放したらもったいないわな」

綾木は自由になる左手を根津の首の後ろに回し、根津の太腿《ふともも》を跨《また》ぐようにしてソファーに両膝をついた。足を開いたことで、軽く交差させていただけの腰紐は緩み、バスローブの隙間《すきま》から綾木の裸身が根津の視線に晒《さら》される。着替えを用意するのが面倒で、バスローブの下は何も身につけていなかった。

根津の唾《つば》を飲み込む音が綾木の耳に届く。

「何の真似や」

「誰かさんは俺の体に夢中みたいやからな。せっかくやからこの体を使って引き留めようかと」

「本気で言うとんのか？」

「嘘でこれが勃《た》つと思うか？」

隙間から覗く綾木の中心はこれからのことを期待して、既に形を変え始めていた。

「ええんか？」

そう問い返しながらも、根津の手は綾木の答えを待たずにバスローブの中に忍び込む。根津の大きな手が背中を撫でる。

「それはこっちの台詞や。俺は高つくで」

「お前につぎ込むんやったらどんだけでも惜しない」

根津が綾木の胸に顔を近づける。綾木の胸の小さな飾りは、根津を待ちかねたように固く尖《とが》り突き出している。

「んっ……」

胸を舌で嬲《なぶ》られ、背中に回っていた手に双丘を撫でられる。綾木は揺れる体を思わず右手で支えようとし、痛みに顔を歪めた。根津がそれに気づく。

「おい、腕を吊っとった布は？」

「ベッドの上」

根津が舌打ちして、それを取りに行こうと腰を浮かしかけた。

「アホか。最中に野暮《やぼ》なことすんな」

「固定させとかんと動かしてまうやろ」

「ほな、これを使え」

綾木はバスローブの腰紐を抜き取った。

「どうせもう使わへんねんから」

バスローブを着るつもりはないと、綾木はさらに根津を誘う。根津は綾木の誘いを受け止め、綾木の肩からバスローブを剝いで床に落とし、それからギブスの腕を腰紐で肩に固定した。

「これで集中できるな」

綾木は肩がきちんと固定されたことを確かめて言った。

「ああ、集中してくれ」

綾木と根津は顔を見合わせて笑う。そして、どちらからともなく顔を近づけ唇を合わせた。唇を開くタイミングも舌を差し入れるタイミングも計ったように同じだった。顔の位置を変えては口づけ、何度も互いの唇を貪《むさぼ》り合う。零れた唾液《だえき》を舐《な》め取りながら、根津が顔を下にずらしていく。綾木はその動きに合わせ、根津の太腿の上に落としていた腰を上げ膝立ちになった。二人の体の間に挟まれたギブス付きの綾木の右腕を、根津は難なく交わし、その先の突起に指を這《は》わせる。

「お前……、そこ、弄《いじ》くんの好きやなあ」

綾木は熱い息を吐きながら軽口を叩く。

「お前が弄くられんのが好きなんやろ」

根津の指が突起を肌の中に埋め込むように押しつけ、今度は掘り出すように指先で摘《つま》み上げる。

そんな子供が遊んでいるかのような行為にも綾木の息が上がる。

「かわいそうやなあ、お前」

綾木はうっとりした口調で呟く。

「知らんやろ、ここ弄くられんのがどんだけ気持ちええか」

その言葉を証明するように綾木の中心は、力を持ち天を突く。

「綾木、舐めてくれ」

根津が差し出した右手を、綾木はためらわず口に含んだ。唾液をたっぷりと指に絡めるために、指の一本一本を愛撫するように舐めていく。

「わざとか？」

根津が険しい顔で綾木を見下ろしている。綾木は根津の指を口に含んだまま、視線だけを上げて、何がと問いかける。

「俺がどんだけ我慢してると思てんねん」

その言葉に綾木は視線を落とした。根津の中心はスラックスの上からでもはっきりと分かるほど形を変えていた。

「解放したれよ」

綾木がそう言うと、根津はベルトを外し、スラックスのファスナーを下ろして、自身を外気に触れさせた。

「息子がえらい大変なことになってんで」

「茶化《ちゃか》すな」

「茶化す余裕が俺にあると思うか？」

綾木の中心から滴《したた》り落ちた雫が根津のスラックスにシミを作っている。

「ええ年してなんやけど、先に一遍抜いとく？」

「賛成やな」

綾木の左手が根津を摑み、根津の左手が綾木を包む。ただ解放を求めて、綾木の意識は一点に集中していた。だから根津の右手が空いていることを忘れていた。

「……やっ」

突然の刺激に、綾木は背中を仰《の》け反《ぞ》らせる。さっき綾木が唾液で濡らした根津の指が、綾木の中に入ってきた。

「お前……そ……れ、反……則」

中で蠢《うごめ》く根津の指が、綾木の言葉を途切れさせる。

「何が反則や。お前がイケるように協力してんのやろ」

根津の指は確実に綾木を追い上げる。根津に絡めていた手は離れ、ただ自分を支えるために根津のシャツを摑むだけだった。

「綾木、手、止まっとるぞ」

根津の言葉に、綾木は首を振って無理だと訴える。

「ほな、顔見せろ」

綾木は涙で潤《うる》んだ目で根津を見上げる。

「お前のその顔だけで俺はイケる」

どんな顔をしているのかなど綾木には分からない。視界がぼやけているからきっと目に涙が溜まっているはずで、息が上がって呼吸が荒くなっているから口は閉まらない。そんな顔よりも、誰からも可愛いと称される普段のほうがいいのにと思うが、根津は今の綾木の顔に興奮すると言う。

根津が綾木を見つめている。根津の指は変わらず綾木の中を探り、根津の左手は二人分の屹立《きつりつ》を摑み擦り上げる。両方を同時に責められ、綾木の限界が近づく。

「いっ……く」

綾木の出したのものが根津の手を濡らし、その滑りを借りて根津の手の動きが速くなる。根津がイク瞬間の顔を、綾木は霞んだ視界に捉《とら》えた。


腕の中で綾木がぐったりとして肩で息をしている。

「とりあえず一回抜いただけやろが。疲れんなや」

「アホか。飛ばしすぎやっちゅうねん。俺が病み上がりなん忘れてへんか？」

「病人違て怪我人なんやろ？」

綾木が眉を寄せて舌打ちする。

「覚えとったか」

「さっきの今で忘れるか」

根津は綾木の中に入れたままの指で、綾木の中を抉《えぐ》った。不意打ちだったのか、綾木は大きく体を震わせる。

「もう少し休ませろ」

綾木の口から不平が漏れる。

「休むためにとりあえず抜いたんとちゃうぞ」

根津は綾木を膝に乗せたまま体をずらし、ソファーに浅く腰掛け直す。

「綾木、そのまま挿《い》れられるか？」

「俺が上か。それはええな」

綾木はニッと笑って、それから視線を落とした。

「けど、これが邪魔やな」

綾木が自由な左手で根津のスラックスを引っ張る。根津はまだ前をくつろげただけだった。

「ファスナーんとこに挟んでまいそうや」

「わかった。ちょっと腰浮かしといてくれ」

根津の太腿から綾木の重みがなくなった。根津はスラックスを下着と一緒に下ろし、ついでに靴下《くつした》もソファーの下に丸めて脱ぎ捨てた。

「こっちも準備万端《じゅんびばんたん》やな」

根津の中心は一度出したばかりだというのに、既に固さを持ち、綾木を待って突き出している。

綾木は根津の肩に左手をついて、浮かせていた腰をそこにあてがった。

「くぅ……んっ……」

ゆっくりと腰を落とす綾木に、先端から根津は飲み込まれていく。狭くて熱い甘美な感触が根津を包んでいく。

自身の体重でより深く根津を飲み込んだ綾木が切なげに目を細める。上気した頬《ほお》が綾木の興奮を根津に伝えている。

「動けるか？」

問いかける根津に答えるように、綾木は自ら腰を持ち上げ落とした。

「あぁ……」

その快感に綾木は嬌声《きょうせい》を上げる。

綾木は快感を追うことに正直だった。根津の肩に手を置いて、一方的に自分だけが腰を使う。

「少しは俺にもやらせろ」

「アホ……か、上に……なったもんの特……権や」

「そんな特権、聞いたことあるか」

根津は綾木の両膝の裏に手を回し、さらにその手を綾木の腰に回して、一気に立ち上がった。

「ひあっ……」

抱え上げられたことで、根津がもっと奥深くまで進入し、綾木は悲鳴を上げた。

宙に浮く綾木の体は軽く、抱えあげることは根津には造作もないことだった。

主導権を取り返した根津は、思い切り腰を使い綾木を突き上げる。自分ではコントロールできない激しい動きに綾木の口から悲鳴が漏れる。

「あ……かん、……もう……や……」

根津が腰を使う度に、綾木の体は大きく揺れる。激しすぎる快感が綾木に涙を流させる。

「ええんやろ？」

根津の問いかけに、綾木がガクガクと何度も頷く。

「よす……ぎるっ」

綾木は一度も自身に触れられることなく根津の腹を汚した。根津の肩を掴んでいた手は力なく宙に浮く。綾木が意識を無くしたことに気づいたが、この状態で止められるわけもなく、根津は意識のない綾木の体にさらに数回打ち付けた。

「くっ……」

ぐったりした綾木の中に、根津は熱い迸《ほとばし》りを吐き出した。

根津は綾木と繋がったままソファーに腰を下ろす。

「……ぅん」

振動で腕の中の綾木が微《かす》かに身じろぐ。

「何でもない。寝といたらええ」

根津が囁くように言うと、綾木は安心しきった子供のような顔で根津の胸にもたれかかる。意識を無くした後、そのまま眠っていたようだ。根津は綾木の眠りが深くなるまでそのまま綾木を抱いていた。綾木を起こしたくなかった。寝息が聞こえるようになって、ようやく静かに綾木の体を持ち上げ、自身を引き抜く。そして綾木を横抱きにしてベッドに運び、その上に寝かせた。

綾木が眠っている間に、根津はシャワーを浴び、腰にバスタオルを巻いた姿でビールを飲み、藤井に電話をかけ留守の間の報告を聞いた。それでもまだ綾木は目を覚まさない。根津はベッドに上がり眠る綾木の隣に足を投げ出して座った。サイドボードの煙草《たばこ》に手を伸ばし、一本抜き取り口に銜《くわ》える。百円ライターは格好がつかないと藤井に止められ、代わりに持たされた銀のジッポの蓋《ふた》を開ける。カチリと音がした。

「お前はやっぱりヤクザもんや。ろくでなしや」

その音で眠っていた綾木が目を覚ました。体を横向きにし、根津を上目遣いに睨んでいる。

「起きた思たら、いきなり何の話や」

根津は火を点《つ》けたばかりの煙草を口から離し尋ねる。

「ようも意識のない人間に好き放題してくれたな」

「途中で止まらんことくらい、同じ男やったらわかるやろ。それにお前も意識飛ばすくらいよかったんやからええやろ」

「意識のないところで頑張られても覚えてへんねんぞ、もったいないやろ」

「怒るとこはそこか」

根津は呆れて言った。そして、再び煙草を口に銜える。

綾木の視線が根津の口元の煙草に止まる。

「俺にも寄こせ」

「お前、吸うとったか？」

出会ってから今まで、綾木が煙草を吸う姿を見たことがなかった。

「自分で買《こ》うたことはない」

「なるほどな」

根津は手を伸ばして新しい煙草を取ろうとした。

「一本もいらんからそれでええ」

綾木が根津の口元に手を伸ばす。根津は口に銜えていた煙草を指で摑み、綾木の指に挟ませる。

綾木はそれを口元に運び、深く吸い込んだ。

「旨《うま》いか？」

「いや、旨くもまずくもない」

「なんや、それ」

「お前が旨そうに吸うとったから欲しなっただけや。もうええわ、灰皿」

綾木に命令されて、根津は呆れた顔で背中を曲げ、テーブルの上の灰皿に手を伸ばした。

「これが名誉《めいよ》の負傷か」

綾木の言葉が背中にかかる。そういえば、綾木に背中を見せるのは初めてだった。

「そんなたいそうなもんやない」

根津は灰が落ちそうな煙草を綾木の手から奪い取り、灰皿に押しつけた。綾木が自由になった手を根津の背中の傷に這わせる。

「体を盾《たて》に組長を守ったて聞いとったから、もっとばっさりと傷がいってんのかと思てたら、えらい小さいもんやな」

「短刀で刺されただけやからな」

根津の背中の傷は鎖骨《さこつ》と脇腹のちょうど中間の辺りにあり、五センチほどの跡が残っているだけだった。清洲の心臓を狙ったのだろう、清洲との身長差が根津の命を救った。

「それに、咄嗟《とっさ》に体が動いただけで、親父やったからそうしたわけやない」

「そのほうがお前らしいけどな。でも、ま、よかったやないか。そのおかげで今のお前がおるわけやし」

「そうやな」

少し前まではそれが重荷だった。咄嗟の行動のせいで分不相応《ぶんふそうおう》な職に就く羽目になったと後悔さえしていた。けれど、今はそれがよかったのだと素直に思える。

「おかげでお前に会えた」

「相変わらず、俺にベタ惚れやな」

「お前は？」

「俺が何？」

「お前も少しは俺に惚れたんとちゃうんか？」

舘川が言ったことを思い出し、それでも綾木の口からからの言葉が聞きたくて根津は尋ねた。

「俺を助けるような入れ知恵をしたんも、俺に気があったからと違うんか？」

「期待してるとこ悪いんやけどな、俺は価値のない男に惚れるほど物好きとちゃうで」

「価値があったら？」

「ああ？」

「どうせお前はそう言うやろ思た。お前が入院しとる間に、俺が次の若頭に指名された」

病院で清洲から呼び出しを受けたその日のことだった。梨田は追放、若頭の職が空《あ》いたことで清洲にすぐに打診された。

「引き受けたんか？」

綾木が驚いた顔で尋ねる。

「受けた。正直、まだ自分の価値は分かってへん。そやから、まずは形から入ることにした。自分の価値は自分で決める。先に形を作ってそれに見合う男になったらええだけのことや。違うか？」

「お前にしてはよう考えたやないか。ええやろ、それやったら惚れてやってもええぞ」

どこまでも偉そうに綾木は言った。

ストレートな言葉は聞けなかったけれど、綾木から惚れるだけの価値はある男と認められたことが、根津にとっては一番の自分の価値だった。

根津との奇妙な共同生活も五日が過ぎた。綾木は腕の傷を交通事故に遭ったのだと説明して、大人しくしていろとの舘川の助言は無視し、この部屋に来た次の日から仕事に出かけていた。根津も若頭になったせいか忙しいらしく、一緒に生活していてもほとんど顔を合わすことがない。

根津は元から寝るためだけの部屋だと言っていたように、昼前に出かけ夜遅くまで帰ってこない。綾木は昼過ぎから出かけ、一度戻って仮眠を取ってからまた明け方近くまで出かけることが多かった。この五日間、互いの寝顔しか見たことがない。

綾木は今日も昼過ぎにベッドから這い出した。根津の姿は今日もない。

一人の部屋で綾木は手早く身支度《みじたく》を調えてからリビングのソファーに座った。今日は比較的余裕があった。この五日、休んでいた一週間を取り返すために走り回り、それが昨日でやっと一息ついたところだった。綾木は今までゆっくり見る時間のなかった根津の部屋の中を見回す。

「しかしまあ、見事に何もない部屋やで」

装飾品の類《たぐい》は一切ない。趣味を知らしめるようなものも何もない。生活に必要な物しかない部屋だった。それが根津らしくもある。

テーブルの上の携帯が鳴り出した。着信表示された名前に綾木はフッと笑う。

「おはようさん」

電話の相手は森山だった。

「清洲組の新しい情報、仕入れたで」

「もしかして、若頭が変わったいう話？」

「なんや、もう知っとんのか」

森山は残念そうに言った。

「別ルートから聞いてんけど、ホンマやってんな」

「それで今大変らしいで、清洲組は。組長は若返り図《はか》ったんや言うてるけど、ごたごたが起こらんはずがない。他の組も潰すんやったら今やて狙てるいう話もあるてな」

それで根津は忙しく走り回っているのかと、綾木は納得した。

「ヤクザ通のおっちゃんとしては、どうなると思う？」

「ワシは新しい若頭が騒ぎを抑えるほうに賭《か》けとる」

「サウナ屋のおっさんと？」

「そうや。まあ言うてもボトル一本やけどな」

「よかったなあ、おっちゃん。それ、すぐに手に入るで」

「えらい自信たっぷりやけど、それはどっからの情報や？」

「ただの俺のカン」

若い根津が若頭になることに反対があっても不思議はない。根津はそんなことを一言も言ってはいなかったが、それは根津の自信の表れだと綾木は思った。だったら綾木はそれを信じる。

「そういや、お前、事故に遭《お》うたとか聞いたけど」

「おっちゃんも耳早いな、誰から？」

森山と繋がりのある客からの電話を、綾木はここ最近受けた覚えはなかった。

「『あかり』のママ」

「おっちゃん、いつから『あかり』に行っとんの？」

綾木は驚いて尋ねた。『あかり』で森山に会ったこともなければ、ママの口から森山の名前を聞いたこともない。

「何いうてんねん。お前繋がりやないか」

「俺？」

「そうや。お前の客はみんなどっかで繋がっとんねんから、辿《たど》っていったら『あかり』にも行き着くやろ」

「言われたらそうやな」

綾木は納得した。

「市内で飲むことなんかそうないけど、どうせやったらちょっとでも知っとるとこで飲んだほうがええ。それにお前がワシらを信用して金を貸してくれとるのと同じで、ワシらもお前を信用しとる。そのお前の客の店やったら、ワシらもぼったくられる心配ものう安心して飲めるいうわけや」

「俺も意外なとこで役に立っとんねんな」

「それで、もう退院したんか？」

「五日前に。今は知り合いんとこで世話になってんのや」

「お前が知り合いになあ」

森山にも綾木が仕事以外に他人と付き合いがないと思われているのだろう。意外そうな声が返ってきた。

「そや、おっちゃん、俺の退院祝い、したいやろ？」

「自分から言うな。なんや、して欲しいんか？」

「今回の入院でえらいみんなに心配させてしもたみたいで」

入院中、綾木の携帯は鳴りっぱなしだった。他に滅多に患者のいない舘川医院では携帯は禁止にはなっておらず、綾木は病室でひっきりなしにかかってくる電話の対応に追われていた。全てが常連客からで、誰に聞いたから、噂を聞いたからと、綾木の入院を確かめるために電話をかけ、事実だと知ると誰もが心配してくれた。一週間で退院すると綾木が答えると、それなら、それまでは何とか食いつなぐから借金はその後で頼むと言ってくれた。返すのを待ってくれとはよく聞くが借りるのを待ってくれは、さすがの綾木も初めて聞いた。

「その心配させたお詫《わ》びに、一人一人に挨拶回りすんのも時間かかるから、『あかり』辺りを借り切ってパーッと」

「金を出すのはワシなんやろ？」

「最近、景気ええらしいやん。この不景気に新しい機械を入れたて聞いたで？」

「入院しとっても地獄耳《じごくみみ》は変わらずか。ええわ、やったろ」

森山の声は笑っている。

「おおきに、おっちゃん。『あかり』のママには俺から電話しとくから、おっちゃんは西添《にしぞえ》さんも引っ張ってきてや」

西添は綾木を森山に紹介した元々の綾木の客だ。

「わかった。ほな、後でな」

森山の電話を切ると、綾木はまず『あかり』に電話をかけ、今日の貸し切りを頼んだ。それから、携帯のメモリーを辿り『あかり』や森山に繋がりのありそうな客をピックアップしていく。

携帯のボタンを操っていた綾木の手が止まる。

「こいつも繋がりがあるって言やあるな」

客ではないが、『あかり』のママと顔見知りで綾木と繋がりのある男がいた。

「呼んだったらどんな顔するやろ」

綾木の客は堅気《かたぎ》ばかりだ。その中にヤクザがぽつんと一人きり。その光景を思い浮かべて、綾木は一人で笑う。

「おもろそうやな」

夕方まではまだ時間がある。何時に来いと電話をするのは、根津に余裕を与えて面白くない。

綾木はわざとギリギリの時間に電話をかけるために、根津の番号を飛ばした。


根津が部屋を出たとき、綾木はまだ寝息を立てていた。今日もまた綾木の寝顔だけを見て、根津は綾木を起こさないように静かに部屋を出た。

「おはようございます」

事務所に着いた根津に、真っ先に藤井が近づいてくる。マンションまでの送り迎えは藤井の仕事ではなくなった。藤井でなければならない仕事は他にある。藤井が舎弟にと連れてきたのは藤井より一つ年下の浦《うら》だった。浦は最近、組に入ったばかりの元暴走族で、まだ運転手しかさせていないが、藤井が連れてきただけあって、運転の腕は確かだった。

「根津さん、また一人連れてきてもいいですか？」

「舎弟か？」

「そうです」

「好きにしたらええ。その辺は全部、お前に任せる」

「ありがとうございます」

藤井が頭を下げる。

「まだ手が足りへんか？」

「そうっすね。昨日みたいなことがあると」

「昨日？」

根津は昨日は藤井とは行動を共にしていなかった。運転手の浦だけを連れ、清洲と兄弟盃を交わした組に、挨拶回りに出かけていた。

「実は、昨日、綾木さんに呼び出されて」

寝顔しか見ていない綾木からはもちろん、そんなことは聞かされていない。根津は呆れた口調で、

「あいつ、俺の舎弟は自分の舎弟やと思いこんどんな」

「それはまあええんですけど、面白かったから」

綾木に何をさせられたのか、藤井は思い出し笑いをする。

「そういや、なんかでっかい儲け話ないかて言うてましたよ」

「儲け話？」

「根津さんに大金が入ったら、全部、自分のもんになることになってるから、ええ儲け話があったら絶対に逃すなて釘刺《くぎさ》されました」

根津のマンションに綾木が来た日の話だ。確かにそんな話をしたことは覚えている。

「まだそんなこと言うてんのか」

「約束したんすか？」

「あれが約束になんのやったらな」

「はあ、なんかよう分かりませんけど、しゃかりきに働かせろとも言うてました」

言葉の繋がりが分からず、根津は眉を寄せる。

「保険らしいです。大金が手に入らんかったときのために貯金させとけて」

「俺は貯金まであいつに管理されんとあかんのか」

「ええやないですか。根津さん、自分でやったら貯金とかしよう思わへんし」

藤井が面白そうに笑う。

「そやけど、ホンマ、不思議な関係ですね。根津さんと綾木さん」

「俺が一番不思議に思とる」

若頭になって一週間が過ぎた。最初に盛り上がった騒動は、あっという間に沈静化し、今では根津の若頭就任に異論を唱《とな》える者はいない。それは予《あらかじ》め用意してあったのかと驚くほどに手際のよかった藤井の根回しと、根津が親分と呼ばれる世代のヤクザ達から本人の知らないところで認められていたことが要因だった。今の若いヤクザ達からは失われた、昔懐かしい「任侠《にんきょう》」や「仁《じん》義《ぎ》」を根津の中に見つけたらしい。

「今日も一日忙しいっすよ」

藤井が覚悟しろと言わんばかりに言った。

「前のおっさんはそないに忙しそうやなかったぞ」

前若頭の梨田を、今更、根津が「さん」づけする必要もない。

「あのおっさんは飾りやったんすよ」

藤井も過去の人間に容赦なかった。

「それに、根津さんはまだ若頭としては新人ですからね。最初が肝心なんです」

張り切る藤井に背中を押されながら、忙しく動き回ったおかげで、たった一週間で落ち着くことができたのだから、当分は藤井に頭が上がらない。

今日もまた夕方まで若頭としての地盤固《じばんがた》めに動き回った。昨日と違うのは運転手も兼ねた藤井が一緒だったということだけだ。

「最後は新地です」

藤井が運転しながら言った。

「また顔見せか?」

「根津さんに世話になった店のオーナー連中が、若頭就任を祝いたい言うてるんですよ」

「そんなたいそうなことやないやろ」

そんな改まったことをされても性に合わない。酒は静かに飲むのが好きだった。

根津の携帯が鳴り出した。着信表示は綾木の名前。

「藤井、今のキャンセル出来へんか？」

電話に出る前に、根津は藤井に確認を取る。

「いいっすよ。仕方ないっすね。行っちゃってください」

藤井はそれが誰からの電話なのかすぐに分かったようで、笑いながら答えた。根津は、藤井のその答えを聞いてから通話ボタンを押した。

『俺や。今から出て来い』

根津の思ったとおり、いつものように変わらない綾木からの呼び出しだった。

久しぶりに寝顔以外の綾木の顔を見るために、根津は行き先の変更を告げた。

◇正しい朝の起こし方◇

　玄関のドアが開く音がした。根津《ねづ》は視線だけを動かして枕元《まくらもと》の時計を見る。朝の六時。根津がベッドに潜《もぐ》り込んでからまだ三時間と経《た》っていなかった。

「あー、喉乾《のどかわ》いた」

　独《ひと》り言《ごと》にしては大きな声で、綾木《あやき》がリビングに姿を現す。

　同居を始めて二週間が過ぎたが、ほとんどがすれ違いの毎日だった。根津が起きている綾木を見るのは、こうして綾木が帰ってきたときだけで、そのときの根津は寝ていることになっている。人の気配で起きるのは商売柄というべきか、微《かす》かな物音にでも目が覚めてしまう。昨日、綾木が帰ってきたのは朝の五時前、そのときも根津は寝入りばなを起こされた。それなら起きて出迎えればとも思うが、それもおかしな気がして、根津はこの二週間、ずっと寝たふりを続けていた。

「おっ、ビール、入ってるやん」

　冷蔵庫の扉《とびら》を開ける音の後、聞こえてきた綾木の声が弾《はず》んでいる。

　根津が部屋で酒を飲むことはほとんどない。昨日、帰ってきた綾木が冷蔵庫を開け落胆《らくたん》した声を出したときに、ビールがなくなっていたことに初めて気付いた。だから、根津は自分のためではなく綾木のために、今日の帰りにビールを買い、補充をしておいた。

　すぐにプルトップを開ける音が聞こえる。

根津は目を閉じたまま、音だけで綾木の行動を想像する。

歩きながらビールを飲んでいるらしく、キッチンからリビングに移動する静かな足音の合間に喉の鳴る音がする。テーブルに鞄《かばん》を置く音、ソファーに重みが掛かってスプリングが軋《きし》む音。いつものパターンだと綾木はこれから仕事の疲れをビールで癒《いや》して、それから風呂に入る。

ふいに鼻を摘《つま》まれた。根津は驚いて目を開ける。すぐ間近に綾木の顔があった。綾木は見事に足音を消して近づいたらしい。

「お前……」

根津の言葉は綾木の唇にかき消された。綾木は根津の唇を舌先で突いて開かせ、口に含んでいたビールを根津の口内に注《そそ》ぎ込んだ。上から下へ、重力の通りに流れ込む液体を、根津は飲み下すしかない。

顔を離した綾木がニヤッと笑う。

「何を寝たふりなんかしてんねん」

「いつわかった？」

「お前みたいに気の利《き》かへん奴が、黙《だま》ってビールの補充なんかできるわけない」

綾木は自由な左手でビールの缶《かん》を振って見せる。

「昨日、俺が言うたの聞いてたんやろ？」

「その通りや」

根津は横になったまま、自分を見下ろす綾木に答える。

「忙《いそが》しそうやな」

綾木が唐突《とうとつ》に話を変えた。それでも根津は律儀にまた答える。

「お前ほどやない」

「そうか？　藤井からいろいろ聞いてんで」

綾木は思わせぶりに笑う。

「また藤井を呼び出したんか？」

「おう。借りた」

「それはかまへんが、なんで俺を呼ばんのや」

「お前みたいな目立つ奴をそうそう連れて歩けるかい。お前を使うのはここぞいうときだけや」

「ここぞか」

綾木の言い方がおかしくて、根津はフッと口元を緩《ゆる》める。

「まあええ。そのときのためにいつでも動けるようにしとこう」

「なんや、そのために体力温存か？」

「どういう意味や？」

「せっかく起きてるときに会《お》うてんのに、手を出してこんからな。よっぽど忙しいて疲れてんのか思たんや」

それでさっき忙しそうだと言ったのかと根津は納得した。

「ま、出してこんかったらこっちが出すだけや」

綾木はそう言うと、ビールをサイドテーブルにのせ、おもむろに根津の布団《ふとん》の中に手を差し入れた。布団越しでも大体の位置関係は容易《ようい》にわかる。綾木はすぐに目的の場所を探し当てた。

「おい」

下着の上に綾木の手のひらの感触を感じる。根津は寝るときはボクサーパンツを一枚身につけただけの姿だ。隠しようのない高ぶりを綾木に知られる。

「やる気になってるやないか」

「お前に誘われてその気にならんはずないやろ」

「そやな。なってもらわな困る」

綾木はしごく真面目《まじめ》な顔で頷《うなず》く。そして、根津の布団を捲《まく》り上げ、上下を逆に布団の中に潜り込んだ。綾木の足が根津の脇を叩《たた》く。

左手だけで不自由なはずが、綾木は器用に根津の下着を引き下ろした。

「相変わらずご立派なことで」

布団の中から籠《こ》もった声が聞こえる。綾木の細くて綺麗《きれい》な指が根津に絡みつき、次に温かい感触が根津を包む。

「綾木」

根津は驚いた声を上げた。何度か体を重ねて、綾木がセックスに奔放《ほんぽう》だということは知っていた。綾木は自ら積極的に快感を求める。けれど、綾木が根津を口に含んだのは初めてだった。根津はその甘美な感覚に切なげに目を細めると、勢いよく布団を引きはがした。綾木がどんな顔でしているのか見てみたかった。

正座のまま前屈《まえかが》みになったような格好で、綾木は根津の中心に顔を埋《うず》めている。綾木は布団を剝《は》がれたことに、チラッと横目で根津を見たが、行為をやめるつもりはないらしい。わざと大きな音を立てて口で根津を扱《しご》き出す。それでも、根津の大きさは綾木の口には余る。喉の奥まで引き入れても全てを口の中に収めることは出来ない。一度口から引き出すと、今度は舌で筋に沿って舐《な》め上げ、くびれには唇を窄《すぼ》めて吸い付く。

「くっ」

的確な綾木の責めに、根津の口から思わず声が出た。綾木が満足げな笑みを浮かべて根津を見た。

「綾木、跨《また》がれ」

根津は綾木の腰を摑《つか》んだ。

「堪《こら》え性のない奴やな」

綾木はそう言いながらも、根津から顔を離して左手で体を支え、根津の体を跨ごうとした。

「綾木?」

動きを止めた綾木に根津は呼びかける。

「先に脱《ぬ》いだほうがええやろ」

「確かに」

根津も綾木の意見に賛成する。体を跨ぐためには足を広げなければならない。その状態からジーンズを脱ぐのは困難に違いない。

綾木がジーンズのボタンを外し、ファスナーを下ろす。根津はその先を手伝った。綾木の足から下着ごとジーンズを引き抜く。

「ほな、俺もお返しや」

綾木が中途半端《ちゅうとはんぱ》に脱がしたままの根津の下着を取り去った。それから綾木は根津を跨ぎ、四つん這《ば》いになって、待ちかねたように再び根津を口に含んだ。

「……っ……」

徐々に慣れてきた綾木の舌が根津を追いつめる。根津の顔のすぐ前には形のいい双丘が赤く色づき始め、視覚で根津を誘惑する。根津は手を伸ばし、内股をそろりと撫《な》で上げた。

「んっ……」

根津を口に含んだまま、綾木がくぐもった声を上げる。

二十センチの身長差の分、普通に寝ていては根津の頭は綾木の中心を越えてしまう。根津はベッドに肘《ひじ》をついて背中を曲げ頭を上げた。こうすることで息がかかるほどの距離に近づける。

根津は普段は秘められている窪《くぼ》みにさらに顔を近づけ舌を這わせた。

「……ぁあ……」

綾木は根津から顔を離し、切ない息を漏《も》らす。そして、首だけを曲げて根津を振り返ると、

「根津、俺、まだ風呂に入ってへんで」

「問題ない」

「……っ」

言葉を発したことで一緒に出る息が綾木の体を震わせる。

「……変態オヤジか」

笑う綾木の息が熱い。

足の間から見える綾木の中心は熱く猛《たけ》っている。男であることを主張するその中心を根津は大きな固い手のひらで包む込み、男でありながら根津を受け入れる窄《すぼ》まりは舌で強張《こわば》りを解《と》きほぐす。

綾木はもう根津を銜《くわ》えようとはしなかった。背中をしならせ、ただ自らの快感を追っている。

根津は体をずらし、完全に上半身を起こして胡座《あぐら》を掻《か》く。それから、綾木の腰に手を添《そ》え、さらに高く上げさせた。その先の快感を期待する綾木は、されるがまま素直に腰を根津に突き出す。

根津はサイドテーブルの、綾木が置いたビールを手に取った。そして、それを口に含むと、勢いよく綾木の双丘に吹きかけた。

「ひあっ……」

冷たさに綾木の背がしなる。

濡れた丘を撫で回す根津の指が窪みに触れた。

「ふぅ……ん……」

綾木が先を促すような甘い声を漏らす。

根津は濡れた指で窪みを突き、綻《ほころ》び始めるのを待ってゆっくりと一番長い中指をその中に沈ませた。狭《せま》くて熱い綾木の内部は、根津の指を歓迎するかのように絡みつく。

「狭いな。もっと緩《ゆる》められへんか？」

綾木の背中に問いかける。指一本でもこれ以上無理だと押し返される気がする。

「アホ……か、……お前が……努力せえ」

「努力……な」

根津は首を巡《めぐ》らし、潤滑油《じゅんかつゆ》の代わりになる物を探す。根津の目はビールで止まった。差し入れた指はそのままに、綾木の中心を扱いていた手を離し、そのビールを手に取った。缶の中身は残り少なく、全てを口に含むと、両手の人差し指を使って広げたそこに口を近づける。舌をストロー代わりにビールを綾木の体内に流し込む。

「やっ……」

綾木が大きく体を震わせた。

ビールは零《こぼ》れながらも綾木の体の中に飲み込まれていく。

「ほんまモン……の……変……態や……」

綾木はシーツに顔を伏せたまま悪態《あくたい》を吐《つ》く。

根津は二本目の指を差し入れ、綾木の中をかき混ぜる。ジュクジュクという音が淫猥《いんわい》な雰囲気《ふんいき》を醸《かも》し出す。

綾木の息が荒くなってきた。

「根津……、こ……の体勢……キツ……イ……」

綾木が片方の腕だけで体を支える辛《つら》さを訴える。

「わかった」

根津は綾木の腰に左手を、膝裏に右手を回し抱き上げると、胡座を掻いた上に綾木の体を落とした。

「ああっ……」

充分に解されていたそこは、狙《ねら》いを定めて突き刺した根津を深々と呑《の》み込み、綾木に嬌声《きょうせい》を上げさせる。

「これでええか?」

根津は背中から綾木を抱き、耳元に問いかける。

「……ええわ……、めっちゃ……深……い」

綾木は根津に背中を預け、快感に酔ったうっとりとした声を出す。

根津は綾木の肩越しに綾木の姿を見下ろす。Tシャツは身につけたまま、下半身は剝《む》き出しで、濡れそぼった中心は露《あらわ》になっている。視覚で煽《あお》られ、根津は敢《あ》えてTシャツは脱がさずにその裾《すそ》から手を差し入れる。

「……ん……ふ……」

既に尖《とが》って突き出した胸の飾りを指の腹で擦《こす》ると、綾木が切なげな息を漏らす。

「根……津……」

なかなか動き出さない根津にじれたように、綾木が根津を締め付けた。

いつもの綾木なら根津を待たずに動き出す。けれど、今は根津がそうはさせなかった。左の太《ふと》腿《もも》を摑んで足を広げさせ、綾木の動きを封じていた。投げ出された自由になる右足だけでは動きを取れず、綾木の右足はただシーツを蹴《け》るだけだった。

「早《はよ》う……、せえっ……」

悪態を吐く綾木の体は熱い。汗《あせ》ばんだ体が妙に馴染《なじ》む。

根津は綾木の腰を摑み、抜けきらない位置まで綾木を持ち上げた。

「あうっ……」

手を離すと重力に従って綾木はまた根津を深く呑み込む。

根津はまた腰を摑み、今度は小刻《こきざ》みに突き上げた。綾木の感じるポイントを的確に突き上げ、綾木から理性を根こそぎ奪い取る。

綾木の口からは忙《せわ》しない呼吸と、言葉にならない喘《あえ》ぎが交互に繰り返される。綾木の限界が迫っていることに根津も気付いた。

根津は綾木の中心に手を伸ばし、終わりを促《うなが》すように上下に扱きたてた。

「ああっ……」

綾木は一際《ひときわ》大きな嬌声を上げ、根津の手のひらの中に吐き出した。力の抜けぐったりとした綾木の体の中に、根津も熱い迸《ほとばし》りを放つ。

「お前、また中出ししよったな」

綾木が熱さの残る艶《つや》めいた声で言った。

「あかんかったか？」

「ええわ。……最高や」

綾木は首を曲げ、左手で根津の首を摑んでキスをした。

しばらく二人は繋《つな》がったまま余韻《よいん》を楽しむ。

「ええ目覚ましになった」

根津はサイドテーブルの上の時計を見ながら言った。朝の九時、あと二時間もすれば迎えが来る。

「俺も、寝る前のええ運動になった。このままぐっすり眠れそうや」

綾木が本当に眠そうな声を出す。

「風呂は？」

互いの汗《あせ》と唾液《だえき》と精液がまとわりついた状態だ。綺麗好きの綾木がそのままでいられるとは思わず根津は尋ねた。

「面倒やな。お前が洗ってくれるか？」

綾木の冗談を根津は本気にした。綾木の腰を摑んで自身を引き抜くと、先にベッドを降り、それから綾木を横抱きに抱え上げた。

「おい」

バスルームに向かって歩き出す根津に綾木が呼びかける。

「なんや？」

「これ以上、体力は使いたない、ホンマに洗うだけにせえよ」

根津は綾木の言葉の意味がわからず目を細める。

「そやから洗いに行くんやろうが」

「お前に裏があると思たのが間違いやった。うっかりその気になってしもた」

綾木が残念そうに呟《つぶや》く。

「しゃあない。中まで綺麗に洗えよ」

ここまで言われて、根津はようやく綾木に誘われていることに気付く。

「今日のお前の予定は？」

根津は唐突な質問をぶつけた。

「俺の予定は俺が決める」

「ほな、今日一日動けんようになっても問題ないな？」

「おもろいやないか。やってみろ」

綾木の笑顔が根津を挑発《ちょうはつ》する。

根津は勢いよくバスルームのドアを開けた。

あとがき

こんにちは、はじめまして。いおかいつきと申します。

一年ぶりのラヴァーズ文庫ですが、この『利息《りそく》は甘《あま》いくちづけで』は、二〇〇四年、プラチナ文庫より私のデビュー作として出版されたものを、装丁も新たに出し直していただきました。短編は同年夏に同人誌に収録したものです。

そのときは何もわかっていないのもあって、今ならやらないような無茶な設定（登場人物全員関西弁等）を勢いのまま突っ走って書いていました。手直しのため、久しぶりに読み返してみて、その勢いや熱さが自分でも感じ取れ、非常に新鮮な気持ちになりました。当時、読んでいただいた方も、この新装版を読み直して、私と同じ気持ちになっていただければ嬉しいです。

新しい『利息は甘いくちづけで』を作り上げていただいた、イラストの國沢智《くにさわとも》様、担当様、そして、この本の制作に携わってくださった皆様、本当にありがとうございました。この作品が再び、世に出ることができ、最高に幸せです。

最後にもう一度。この本を手にしてくださった方へ、最大の感謝を込めて、ありがとうございました。

二〇一〇年二月　いおかいつき

Lovers Label

利息は甘いくちづけで

ラヴァーズ文庫をお買い上げいただき
ありがとうございます。
この作品を読んでのご意見・ご感想を
お聞かせください。
あて先は下記の通りです。

〒102−0072
東京都千代田区飯田橋2-7-3
(株)竹書房　第五編集部
いおかいつき先生係
國沢 智先生係

2010年4月1日
初版第1刷発行

●著　者
いおかいつき ©ITSUKI IOKA
●イラスト
國沢 智 ©TOMO KUNISAWA

●発行者　牧村康正
●発行所　株式会社　竹書房
〒102−0072
東京都千代田区飯田橋2-7-3
電話　03(3264)1576(代表)
　　　03(3234)6245(編集部)
振替　00170-2-179210
●ホームページ
http://www.takeshobo.co.jp

●印刷所　株式会社テンプリント
●本文デザイン　Creative・Sano·Japan

落丁・乱丁の場合は当社にてお取りかえいたします。
定価はカバーに表示してあります。
Printed in Japan

ISBN 978-4-8124-4146-6　C 0193